मुक्ति के तीन मार्ग

विजयफूल साध सत्तनामी

विजयफूल साध सत्तनामी
साध सत्तनामी आश्रम (ट्रस्ट)
जैन फार्म, ग्राम व पोस्ट आफिस वेलाथूर
होसूर (तमिलनाडू)

डायमंड बुक्स

ISBN : 81-288-

प्रकाशक : डायमंड पॉकेट बुक्स प्रा. लि.
X-30, ओखला इंडस्ट्रियल एरिया, फेज-2,
नई दिल्ली-110020
फोन : 011-41611861
फैक्स : 011-41611866
E-mail : sales@diamondpublication.com
Website : www.dbp.in
वर्ष : 2010
टाइप सैटिंग : आर. एस. प्रिंट्स, नई दिल्ली-49
मुद्रक : स्टार प्रिंट-ओ-बाइंड

भूमिका

"Nature has no Photocopy. Thus, every Creation is Unique."

इस पूरे जगत में कुछ भी एक जैसा नहीं है। एक वृक्ष की दो पत्तियां भी आपस में भिन्न हैं यानि सृष्टिकर्ता की प्रत्येक कृति अद्‌भुत है और प्रत्येक का स्वभाव निराला है, फिर भी सभी में 'एक पूर्णता' समान रूप से छिपी हुई है।

मनुष्य एक उच्चतम विकसित रचना है जिसमें सृष्टिकर्ता आत्मा रूपी चेतन-शक्ति को बैठाता है। मुनष्य तन पाने के बाद आत्मा अपने स्वरूप को भूलकर और शरीर व मन-बुद्धि से सम्बन्ध जोड़ लेती है। इस भूल के कारण आत्मा अपने निज़ घर (सत्त लोक) से वंचित हो जाती है और जन्म-मृत्यु के कालचक्र में भटकती रहती है।

प्रस्तुत पुस्तक में लेखक ने साधकों के लिए इस एकमात्र 'भूल' को पुनः याद दिलाने की कोशिश की है। इस प्रयास में लेखक द्वारा संसार से मुक्त होने के लिए मुख्यतः तीन मार्गों का विस्तृत वर्णन किया गया है। ये तीन मार्ग हैं ज्ञानयोग, भक्तियोग और कर्मयोग। इस पुस्तक को पढ़कर व समझकर प्रत्येक साधक अपने स्वभाव व गुण के अनुसार किसी एक मार्ग को प्रमुख मानकर व अन्य दोनों मार्गों का भी सामंजस्य करके, अपने मनुष्य जीवन के उद्‌देश्य को सफल कर सकता है।

तीनों ही मार्गों का गुण-स्वभाव आपस में भिन्न होकर भी अन्ततः एक ही लक्ष्य को प्राप्त होता है।

बारह वर्षों की साधना के दौरान कुछ साधों में कर्मयोग (सेवा-टहल) प्रमुख था व अन्य साधों में भक्तियोग व ज्ञानयोग की प्रमुखता की।

अमर चन्द्र साध सतनामी

दिल्ली

दो शब्द

हमारे मालिक ने अपनी कृपा से मानव का निर्माण किया और उसको अपने पास बुलाने के लिए, संसार से मुक्त होने के लिए सम्पूर्ण साधन सामग्री देकर उसको जगत में भेजा है। मानव उनके दिए हुए विवेक के प्रकाश में अपने जाने हुए असत का त्याग कर अर्थात् सत का संग करके, सतलोक (अमरापुरी) का वासी हो सकता है। यह सामर्थ्य उन्होंने प्रत्येक मानव को प्रदान की है।

प्रस्तुत पुस्तक के साथ विजयफूलजी ने अपनी एवं साध समाज एवं साधक समाज की अन्तर्व्यथा से व्यथित होकर साधकों की जड़ता, पराधीनता, असफलता को देखकर अपने कोमल हृदय से पुकारते हुए कहा है कि हे प्यारे मानव तुमको कहीं भी भटकने की आवश्यकता नहीं है। तुम्हारी हर समस्या का समाधान तुम्हारे पास है और तुम बेबस खड़े हो। क्या तुम्हारे पास विवेक रूपी आंखें नहीं हैं? क्यों नहीं तुम अपने ज्ञान का आदर करके, देखे हुए एवम् अपने जाने हुए असत के प्रभाव से मुक्त हो जाते हो। जो बल तुम्हारे पास है उसके सदुपयोग से साध समाज के काम आ सकते हो और अपने मालिक को अपने पास मानकर उनको समर्पित होकर निश्चिन्त, निर्भय और प्रसन्न हो सकते हो।

सत्य की आवाज व्यक्ति पर गहरी छाप डालती है। प्रस्तुत पुस्तक में साध विजयफूल जी ने सत्य की आवाज उठाई है। आइए! हम सभी इस सत्य के प्रकाश में अपने जीवन को सफल बनाने के लिए कृत संकल्प हो जाएं।

विनीत

साध भोपाल सिंह

ग्राम अलावलपुर

जिला-हरिद्वार (उत्तराखण्ड)

अनुक्रमणिका

ज्ञान योग, भक्ति योग और कर्म योग

सतगुर साहिब ने कहा है-

मारग दोइ भगत व्योहारा। एक मन एक तन विस्तारा।।
तन की भगत हमारै आवै। सोई सरगुन नाम कहावै।।
तन सैं करि कै होइ अभिलाषा। भगत रीत सै होवै साखा।।
परमारथ कर भगत कमावै। ताके फल का अंत न आवै।।
मन सै भगत जो सुमरन होई। सत करता कौ पहुचै सोई।।
ताका फल है चरन निवासा। काहू विधि की रखैन आसा।।
सरगुन माया दिष्ट मै आवै। निरगुन सबद का मरम न पावै।।
निह इच्छा हुइ भगत कमावै। सरगुन सै निरगुन हुई जावै।।
ताकी नफा जो अघट कहावै। अघट नफा फिर थाह न पावै।।
सब साधां अैसै सुन पाई। अपनी अपनी प्रीत लगाई।।
कोई साध सुमरन चित्त धरई। कोई साध टहल*1 तन करई।।
दोऊ दफा एक सी भाई। जो दरसै सो करै कमाई।।
अपने अपने माफक लागै। जैसा वित्त तैसा मन पागै*2।।
पागै मन तब हुई त्यारी। भगत रीत की पैज*3 सम्हारी।।

1. टहल = सेवा
2. पागै = पूरी तरह से लग जाना, जैसे जब बूंदी को चाशनी में डुबोया जाता है, तो वह फीकी से मीठी हो जाती है।
3. पैज = मार्ग

संसार से सम्बन्ध-विच्छेद करके मालिक को प्राप्त करने के तीन मुख्य साधन हैं-ज्ञान योग, भक्ति योग और कर्म योग।

मालिक ने मनुष्यमात्र को तीन शक्तियां दी हैं, एक जानने की शक्ति, दूसरी मानने की शक्ति और तीसरी करने की शक्ति। जानने की शक्ति को ज्ञान कहते हैं, मानने की शक्ति को विश्वास कहते हैं तथा करने की शक्ति को बल कहते हैं। यदि मनुष्य अपनी जानने की शक्ति का सदुपयोग करे तो इसके द्वारा सत और असत का ज्ञान प्राप्त करके, विवेक ज्ञान के द्वारा असत का त्याग करके, सत को प्राप्त कर सकता है। क्योंकि सत को पाना स्वयं को पाना है। इस जानने की शक्ति के सदुपयोग को ज्ञान योग कहते हैं।

दूसरी है मानने की शक्ति, यदि मनुष्य इस मानने की शक्ति का सदुपयोग करे तो वह मालिक को अपना मानकर उनका भक्त (दास) हो सकता है, क्योंकि एक मालिक के अलावा इसका कोई भी नहीं है। कारण कि शरीर और संसार मालिक के हैं और मालिक अपने हैं। जिसने केवल मालिक को ही अपना मान लिया, ऐसे दास का महाप्रलय में भी नाश नहीं होता। गोमाबाई ने निरवान ग्यान की अढ़सठवीं वानी की तीसरी लगमात में जो कहा उसका भावार्थ–'मेरे मालिक ने मुझे युग प्रलय से ही नहीं, महाप्रलय से भी बचा लिया।' मालिक और उनका भक्त सदा रहने वाले हैं और सदा रहने वाले से ही सदा रहने वाले का प्रेम हो सकता है। मीराबाई ने कहा कि मेरे तो एक मालिक ही हैं, दूसरा कोई भी मेरा नहीं है, यह है भक्ति और उन्होंने यह केवल कहा नहीं, इसके अनुरूप ही उनका जीवन था। हम सबने उनके जीवन के बारे में पढ़ा और सुना है। यह है भक्ति योग।

तीसरी शक्ति है करने की, यदि मनुष्य इस शक्ति का सदुपयोग करे, तो इसके द्वारा भी इसका अपने मालिक से मिलन हो सकता है। करने की शक्ति का सदुपयोग है, शरीर और संसार की निःस्वार्थ भाव से सेवा। शरीर और संसार को मालिक का मानकर इनकी सेवा करना और इसके बदले में कुछ भी चाहना न करना, यही कर्मयोग है, यानि निःस्वार्थ सेवा के द्वारा मालिक से मिलन।

कर्मयोग तथा ज्ञानयोग में संसार से सम्बन्ध–विच्छेद करने की मुख्यता है और भक्तियोग में मालिक से सम्बन्ध जोड़ने की मुख्यता है। इसलिए कर्मयोग तथा ज्ञानयोग 'लौकिक साधन है और भक्तियोग 'अलौकिक साधन' है। लौकिक साधन 'विवेक मार्ग' है और अलौकिक साधन 'विश्वास मार्ग' है। विवेक मार्ग में विवेक की मुख्यता और श्रद्धा–विश्वास की गौणता है तथा विश्वास मार्ग में श्रद्धा–विश्वास की मुख्यता और विवेक की गौणता है। संसार से सम्बन्ध विच्छेद करने में विवेक काम आता है और मालिक से सम्बन्ध जोड़ने में विश्वास काम आता है। साधक से प्रायः यह भूल होती है कि वह विवेक में विश्वास और विश्वास में विवेक मिलाता है अर्थात् विवेक मार्ग में विश्वास की मुख्यता और विश्वास मार्ग में विवेक की मुख्यता करता है। इस कारण उसका साधन जल्दी सिद्ध नहीं होता। संसार से मेरा सम्बन्ध है कि नहीं है–इसमें विश्वास नहीं करना है, प्रत्युत विवेक करना है। मालिक है कि नहीं है और मेरे हैं कि नहीं हैं–इसमें विवेक नहीं, प्रत्युत विश्वास करना है। कारण कि संसार और जीव विचार के विषय हैं और मालिक केवल विश्वास (मान्यता) का विषय है। विवेक (विचार) वहीं लगता है, जहाँ सन्देह होता है और सन्देह अल्पज्ञान या अधूरे ज्ञान

में होता है। तात्पर्य है कि जिसके विषय में हमारा आंशिक ज्ञान है अर्थात् कुछ जानते हैं, कुछ नहीं जानते, वहीं विवेक चलता है। परन्तु जिसके विषय में कुछ नहीं जानते, वहाँ विश्वास ही चलता है। विश्वास में सन्देह नहीं होता। विश्वास करने अथवा न करने में हम स्वतन्त्र हैं।

ज्ञानी संसार के साथ माने हुए सम्बन्ध का त्याग करता है और भक्त एक मालिक के सिवाए अन्य किसी से अपना सम्बन्ध मानता ही नहीं। दूसरे शब्दों में ज्ञानी 'मैं' व 'मेरा' का त्याग करता है और भक्त 'तू' व 'तेरा' को स्वीकार करता है। इसलिए ज्ञानी पदार्थ व क्रिया का त्याग करता है और भक्त पदार्थ व क्रिया को मालिक को सौंपता है।

भक्त में ज्ञान और वैराग्य स्वतः आते हैं, लाने नहीं पड़ते। कारण कि ज्ञान और वैराग्य भक्ति के बेटे हैं और जहाँ मां जाएगी वहाँ बेटे जाएंगे ही। इसमें एक मार्मिक (भेद की) बात है कि भक्त में जो ज्ञान और वैराग्य आते हैं, वे ज्ञानी में आने वाले ज्ञान और वैराग्य से भी विलक्षण होते हैं। जैसे ज्ञान मार्ग में तो निर्गुण ब्रह्म का ज्ञान होता है, पर भक्ति मार्ग में समग्र का ज्ञान होता है क्योंकि मालिक स्वयं भक्त को ज्ञान देते हैं। इसी तरह ज्ञान मार्ग में वैराग्य होता है तो वस्तु के रहते हुए उसमें राग मिट जाता है, पर भक्ति मार्ग में वैराग्य होता है तो वस्तु की स्वतन्त्र सत्ता ही मिट जाती है, केवल एक मालिक की ही सत्ता रहती है। ज्ञान मार्ग में वैराग्य की मुख्यता रहती है और वैराग्य रूखा होता है। इसीलिए ज्ञानी में भीतर से कठोरता न होने पर भी वैराग्य, उदासीनता के कारण बाहर से कठोरता प्रतीत होती है।

ज्ञान में अखण्ड आनन्द की प्राप्ति होती है और भक्ति में अनन्त आनन्द की प्राप्ति होती है। अखण्ड आनन्द में ज्ञानी एकाकी (अकेला) रहता है, इसलिए अखण्ड आनन्द से उसकी तृप्ति नहीं होती। अखण्ड आनन्द से अरुचि होने पर उसमें अनन्त आनन्द अर्थात् प्रतिक्षण वर्धमान प्रेम की पिपासा (प्रेम-प्राप्ति की लालसा) जाग्रत होती है।

संसार से मिली हुई वस्तु और शक्ति को संसार की सेवा में लगा देना और बदले में कोई भी चाहना न रखना, यह कर्मयोग है, इससे करने की आसक्ति मिट जाती है और संसार की कुछ भी चाहना न रहने से अथाह हो जाता है। चाहना ही बन्धन है, इसलिए चाहना न रहने से मुक्त हो जाता है।

'गृहस्थ आश्रम'

गृहस्थ आश्रम में इन तीनों साधनों का समन्वय है। जानने की शक्ति (ज्ञान) से यह जान लें कि मैं शरीर नहीं हूँ और संसार मेरा नहीं है। मानने की शक्ति

(विश्वास) से यह मान लें कि केवल मालिक ही मेरे अपने हैं, दूसरा कोई भी अपना नहीं है। घर, परिवार, समाज, देश और सब संसार मेरे मालिक के हैं, इन्हें मालिक के मानकर करने की शक्ति से इनकी सेवा कर दे और बदले में कोई चाहना न करें। बदले की चाहना नहीं करने से परिवार में भी सुख, शान्ति रहेगी, जो भी शक्ति मालिक ने इसे दी है, उसी से सेवा कर दे, धन दिया है तो धन से सेवा कर दे, बल मिला है तो बल से सेवा कर दे, ज्ञान मिला है तो ज्ञान से सेवा कर दे। सेवा करने के लिए यह जरूरी नहीं कि अमुक वस्तु होगी, तब ही सेवा होगी। इस प्रकार गृहस्थ में रहकर भी मुक्त हो सकता है, गृहस्थी बन्धन नहीं है, असली बन्धन है चाहना। गृहस्थ आश्रय का मतलब है कि गृहस्थ में रहकर मर्यादाओं का पालन।

ज्ञानयोग

(अ) प्रकृति और पुरुष

प्रकृति और पुरुष दोनों ही अनादि हैं। कबीर साहिब ने कहा–'प्रथम करता आप सत वीज वृक्ष तेहि मांहि। ताहि लखै कोई संत जन सब संशय मिट जाए।।'

तात्पर्य है कि एक प्रकृति–विभाग है और एक पुरुष विभाग है। शरीर तथा संसार प्रकृति–विभाग में है और आत्मा तथा मालिक पुरुष–विभाग में है। साध जोगीदास जी ने निरवान–ग्यान की बासठवीं वानी की पहली लगमात में जो कहा उसका भावार्थ–"मालिक ने यह संसार परगट किया है और मालिक इस संसार से न्यारा है। यह संसार पांच तत्त्व और तीन गुण का विस्तार है।"

जैसे प्रकृति और पुरुष अनादि है, ऐसे ही इन दोनों के भेद का ज्ञान अर्थात् विवेक भी अनादि है। साध दोदराज ने निरवान–ग्यान की सोलहवीं वानी की दूसरी लगमात में जो कहा उसका भावार्थ–"मालिक का ॐ शब्द ज्ञान से भरपूर है और इसी शब्द से आपने समस्त सृष्टि की रचना की। इस शब्द का ज्ञान महा अमीरस है, जो इस ज्ञान को अपने हृदय में समा लेगा, वह मालिक के घर जाने का अधिकारी हो जाएगा। मालिक का घर भय से रहित है। क्योंकि ॐ शब्द अनादि है, इसलिए इसका ज्ञान भी अनादि है।"

विवेक की दृष्टि से देखें तो प्रकृति और पुरुष दोनों विभाग एक–दूसरे से बिल्कुल असम्बद्ध हैं, अर्थात् दोनेां में किंचितमात्र भी कोई सम्बन्ध नहीं है। प्रकृति तो असत, जड़ तथा दु:ख रूप है और पुरुष सत, चेतन तथा आनन्द रूप है। प्रकृति नाशवान, विकारी तथा क्रियाशील है और पुरुष अविनासी, निर्विकार तथा अक्रिय है। प्रकृति की नित्य निवृत्ति और पुरुष की नित्य प्राप्ति है।

शरीर, मन, वाणी के द्वारा जितनी क्रियाएं होती हैं, वे सब की सब प्रकृति में ही होती हैं। आत्मा में कभी किंचितमात्र भी कोई क्रिया नहीं होती है। जंगल में वृक्ष पैदा होते हैं, बढ़ते हैं और नष्ट हो जाते हैं, तो प्रकृति की जो समष्टि शक्ति वहां काम कर रही है, वही समष्टि शक्ति इस व्यष्टि शरीर में भी काम कर रही है। खाना–पीना, सोना–जागना आदि सब का सब व्यवहार प्रकृति में स्वत: हो रहा है। जैसे भोजन पचाते नहीं प्रत्युत स्वत: पचता है। बालक मां की गोदी में स्वत: बड़ा होता है। शरीर की अवस्थाएं स्वत: बदलती हैं। मकान स्वत: पुराना होता है। वर्षा स्वत: होती है। नदी स्वत: बहती है। ऐसे ही अपने कहलाने वाले शरीर के द्वारा खाना–पीना आदि क्रियाएं भी स्वत: होती हैं। अत: साध का

भाव हर समय यही रहना चाहिए कि क्रियाएं हो रही हैं, मैं लेशमात्र भी कुछ नहीं करता हूँ। कारण कि क्रिया का विभाग ही अलग है।

सृष्टिमात्र में स्वतः क्रिया हो रही है। उस क्रिया का लेशमात्र भी कोई कर्त्ता नहीं है। न मालिक कर्त्ता है न जीव करता है। स्वतः होने वाली क्रिया के लिए कर्तृत्व की जरूरत ही क्या है? प्रकृति में स्वाभाविक क्रियता है और पुरुष में स्वाभाविक अक्रियता है। परन्तु जब जीव प्रकृति के अंश अहम के साथ सम्बन्ध मान लेता है, तब वह प्रकृति में होने वाली क्रिया को अपने में स्वीकार करके मैं कर्त्ता हूँ ऐसा मानने लगता है। तात्पर्य है कि वह कर्त्ता बनता नहीं, केवल कर्त्तापन की मान्यता कर लेता है, अपने को कर्त्ता मानते ही उस पर कर्म का नियम लागू हो जाता है और उसको कर्मफल भोगना पड़ता है। वस्तुतः आत्मा में लेशमात्र भी कर्तृत्व नहीं है। कर्तृत्व का विभाग ही अलग है। साध तेजराम ने निरवान–ग्यान के पहले कड़ा की चवालिसवीं लगमात में जो कहा उसका भावार्थ–"आत्मा शरीर के अन्दर बैठी है, शरीर के बिना आत्मा कुछ भी नहीं कर सकती। आत्मा के द्वारा कुछ भी करना बनता ही नहीं, जो भी होता है, शरीर, मन, बुद्धि के द्वारा होता है। आत्मा शरीर में सत्ता रूप से है, जैसे–सूर्य के प्रकाश में अनेक पाप और पुण्य कर्म होते हैं, परन्तु सूर्य उसका कर्त्ता या भोक्ता नहीं है।"

क्रिया मात्र प्रकृति में होती है, पर क्रिया का फल अर्थात् सुख–दुःख की मान्यता जीव में होती है। कारण कि सुख–दुःख का भोग चेतन में ही हो सकता है, जड़ में नहीं। क्रिया और पदार्थ प्रकृति में हैं। स्वयं में न क्रिया है न पदार्थ है।

करने की जिम्मेवारी उसी पर होती है, जो कुछ कर सकता है। जैसे–कितना ही चतुर चित्रकार हो बिना सामग्री (रंग, ब्रुश आदि) के वह चित्र नहीं बना सकता, ऐसे ही आत्मा बिना प्रकृति की सहायता के कुछ भी नहीं कर सकती। अतः आत्मा पर कुछ करने की जिम्मेवारी हो ही नहीं सकती। चेतन सत्तामात्र में कोई कमी नहीं आती, वह सर्वथा पूर्ण है, अतः पुरुष को अपने लिए कुछ नहीं चाहिए। चिन्मय सत्ता के सिवाय दूसरा कोई है ही नहीं, अतः पुरुष को किसी साथी की जरूरत नहीं है। इस प्रकार मुझे (स्वयं को) कुछ करना है ही नहीं, मुझे कुछ चाहिए ही नहीं और मेरा कुछ है ही नहीं – ये तीन बातें ठीक से समझ में आ जाएं, तो प्रकृति के साथ सम्बन्ध नहीं रहेगा। प्रकृति से सम्बन्ध न रहने पर प्रकृति में क्रिया तो रहेगी, पर भोग करने वाला कोई नहीं रहेगा। किसी संत ने कहा–कुछ नहीं मेरा जगत में, कुछ न मुझको चाहिए। वो हमारे हम उसी

के फिर भला क्या चाहिए।

आत्मा चिन्मय सत्तामात्र है और उसमें किंचितमात्र भी कोई क्रिया नहीं होती, वह शरीर में रहते हुए भी न कुछ करती है न लिप्त होती है। जैसे-बाहर अनेक तरंगें उठती हुई दीखने पर भी गहराई में समुद्र शान्त रहता है, ऐसे ही बाहर से (व्यवहार में) सब क्रियाएं होते हुए भी साधक के भीतर स्थिरता रहनी चाहिए अर्थात् चिन्मय सत्तामात्र में स्थित रहना चाहिए।

साधक से प्रायः यह भूल होती है कि वह खाना-पीना, सोना-जगना आदि लौकिक क्रियाओं को तो शरीर में होने वाली मान लेता है, पर जप, ध्यान, समाधि आदि पारमार्थिक क्रियाओं को अपने द्वारा होने वाली तथा अपने लिए मानता है। वास्तव में यह साधक के लिए बाधक है। कारण कि ज्ञान की दृष्टि से नीची से नीची क्रिया हो अथवा ऊंची से ऊंची क्रिया हो, है वह प्रकृति की ही। लाठी घुमाना और माला फेरना-दोनों क्रियाएं अलग-अलग होने पर भी प्रकृति में ही हैं। तात्पर्य है कि खाना-पीना, सोना-जगना आदि से लेकर जप, ध्यान समाधि तक सम्पूर्ण लौकिक पारमार्थिक क्रियाएं शरीर के द्वारा ही हो रही हैं। अतः साधक को चाहिए कि वह पारमार्थिक क्रियाओं का त्याग तो न करे, पर उसमें अपना कर्तृत्व न माने। क्रिया चाहे लौकिक हो चाहे पारमार्थिक हो, उसका महत्त्व वास्तव में जड़ता का ही महत्त्व है। शास्त्र विहित होने के कारण पारमार्थिक क्रियाओं का अन्तःकरण में जो विशेष महत्त्व रहता है, वह भी जड़ता का ही महत्त्व होने से साधक के लिए बाधक है।

(ब) साध शरीर नहीं है

'स्थूल, सूक्ष्म और कारण शरीर'

अपने को शरीर मानने से ही जन्म-मरण, दुःख, चिन्ता आदि सभी आफतें आती हैं। शरीर अपना स्वरूप नहीं है, यह प्रत्यक्ष है। बचपन में जैसा शरीर था, वैसा अब नहीं है, अब इतना बदल गया है कि पहचान नहीं होती, परन्तु मैं वही हूँ-इसमें कोई सन्देह नहीं है। तो कम से कम यह विचार करें कि मैं शरीर नहीं हूँ। मैं न स्थूल शरीर हूँ, न सूक्ष्म शरीर हूँ और न कारण शरीर हूँ, क्योंकि यह तीनों शरीर परिवर्तनशील तथा नाशवान हैं। साध शरीर नहीं है, इसलिए नाशवान भी नहीं है। साध वीरभान जी ने निरवान ग्यान की पन्द्रवीं वानी की तीसरी लगमात में जो कहा उसका भावार्थ-"संसार तथा शरीर नाशवान है तथा साध अनिवासी है, क्योंकि यह सत की टांकी है।"

स्थूल शरीर की स्थूल संसार के साथ एकता है, ऐसे ही सूक्ष्म शरीर की सूक्ष्म संसार के साथ एकता है। पांच ज्ञानेन्द्रियां, पांच कर्मेन्द्रियां, पांच प्राण, मन बुद्धि-ये सब सूक्ष्म संसार के ही अंश हैं। यह जो हवा चलती है, इसी के साथ प्राणों की एकता है। ऐसे ही सब इन्द्रियों, मन, प्राण आदि की एकता है। इसी कारण शरीर की संसार के साथ एकता है। सूक्ष्म शरीर के आगे कुछ पता नहीं लगता, ऐसा जो अज्ञान है, वह कारण शरीर है। इसमें प्रकृति (स्वभाव) होती है। प्रकृति सबकी भिन्न-भिन्न होने पर भी पंचमहाभूत एक है, ऐसे प्रकृति एक है। गहरी निद्रा की अवस्था में सभी एक हो जाते हैं, भिन्नता रहती ही नहीं। तो इस प्रकार कारण शरीर सब एक ही हुए। अब इसमें यह मैं हूँ ओर यह में नहीं हूँ, यह मेरा है, यह मेरा नहीं है-यह बात सच्ची नहीं है। यह व्यवहार के लिए काम की है। अपने को शरीर मानना गलती है। इस गलती को हम आज मिटा दें तो महान शांति मिल जाए, बड़ा भारी आनन्द मिल जाए। यह सुनकर या पढ़कर केवल सीख लेने से गलती नहीं मिटती। जैसे-हम मकान के अन्दर हैं, परन्तु मकान अलग दिखता है, हम अलग दिखते हैं, ऐसे शरीर का भी अनुभव होना चाहिए कि यह अलग है, मैं इसे जानने वाला हूँ। इसे सीखना नहीं है,

सीखना या मानना ज्ञान नहीं होता। दृढ़ मान्यता भी ज्ञान जैसी प्रतीत होती है, पर मान्यता ही होती है बोध नहीं। उसका साफ-साफ बोध होना चाहिए। परिवर्तनशील शरीर मेरा स्वरूप नहीं है-ऐसा अनुभव हो जाए, तो तत्त्वज्ञान हो गया, मुक्ति हो गई, मालिक की प्राप्ति हो गई, अपने स्वरूप की प्राप्ति हो गई और यह नित्य प्राप्त की प्राप्ति है, क्योंकि अपना स्वरूप अप्राप्त हुआ ही कब? और जो प्रतिक्षण बदलता है, वह कभी किसी को प्राप्त कैसा? वह कभी किसी को प्राप्त हुआ ही नहीं। प्राप्त तो स्वरूप ही है। परन्तु अप्राप्त को प्राप्त मान लेने से जो प्राप्त है, वह अप्राप्त जैसा हो गया। जब तक अप्राप्त शरीर को अप्राप्त नहीं मानेंगे, तब तक प्राप्त की प्राप्ति नहीं दिखेगी। अर्थात् जब तक शरीर को अपना मानते रहेंगे, तब तक आत्मा का ज्ञान नहीं होगा।

सुनकर सीख लेने और मान लेने का नाम ज्ञान नहीं है, ज्ञान ऐसी चीज नहीं है। ज्ञान तो एकदम, उसी क्षण होता है, उसमें अभ्यास नहीं है, अभ्यास करना उपासना है। उपासना-उपासना ही है बोध नहीं है। शरीर मैं हूँ-ऐसा दिखने पर बेचैनी हो जाए तो बोध हो जाएगा। जैसे नींद में पड़े हुए आदमी को सुई चुभाई जाए, तंग किया जाए तो तुरन्त ही नींद खुल जाती है। ऐसे ही अपने को शरीर मानने का दुःख जलन पैदा हो जाए कि क्या करूँ? कैसे करूँ? यह अभ्यास कैसे मिटे? तो फिर यह मिट जाएगा। जो चीज मिटती है वह होती नहीं और जो चीज होती है वह मिटती नहीं। शरीर में मैंपन और मेरापन मिटता है, तो मूल में है नहीं-यह पक्की बात है।

सबसे पहले साध को दृढ़ता के साथ यह मानना चाहिए कि शरीर मैं हूँ और यह मेरा है, यह बिल्कुल झूठी बात है। हमारी समझ में ये न आए, बोध नहीं हो तो कोई बात नहीं। पर शरीर मैं नहीं हूँ और मेरा नहीं है, नहीं है, नही है-ऐसा पक्का विचार किया जाए, जोर लगाकर। जोर लगाने पर अनुभव नहीं होगा, तब वह व्याकुलता, बेचैनी पैदा हो जाएगी, जिससे झट बोध हो जाएगा।

शरीर मैं नहीं हूँ-इस बात में बुद्धि भले ही न ठहरे तुम ठहर जाओ। बुद्धि ठहरना या नहीं ठहरना कोई बड़ी बात नहीं है। यह मैं नहीं हूँ-यह खास बात है। मैं ब्रह्म हूँ-यह इतना जल्दी लाभदायक नहीं है, जितना यह शरीर मैं नहीं हूँ, यह लाभदायक है। दोनों तरह साधनाएं हैं, परन्तु यह मैं नहीं हूँ, इससे चट बोध होगा। लेकिन खूब विचार करके पहले यह तो निर्णय कर लो कि शरीर मैं और मेरा कभी नहीं हो सकता। ऐसा पक्का जोरदार विचार करने पर अनुभव नहीं होने से दुःख होगा। उस दुःख में एकदम शरीर से सम्बन्ध-विच्छेद करने की ताकत है। वह दुःख जितना तीव्र होगा, उतनी जल्दी काम हो जाएगा। साध तेजरामजी

ने निरवान-ग्यान की नौवीं नौनिद्धी की दूसरी लगमात में जो कहा उसका भावार्थ-"सत्त को जानने के लिए पहले झूठ यानी जो नाशवान और परिवर्तनशील है, उसका त्याग करना पड़ेगा। झूठ के द्वारा सत को नहीं जाना जा सकता, शरीर, मन, बुद्धि यह परिवर्तनशील तथा नाशवान है, इसलिए झूठ है। यह संसार भी परिवर्तनशील तथा नाशवान है तथा जानने में आता है, इसलिए इसके त्याग से अगम, अगोचर सृष्टिकर्त्ता मालिक को जाना जा सकता है।"

मैं क्या हूँ? ऐसा विचार मत करो। इसमें मन बुद्धि साथ में रहेंगे। जड़ की सहायता के बिना 'मैं क्या हूँ'? ऐसा प्रश्न उठ ही नहीं सकता और समाधान भी जड़ को साथ लिए बिना कर ही नहीं सकते। इसलिए जड़ की सहायता से जड़ की निवृत्ति एवं चिन्मयता की प्राप्ति नहीं होती, नहीं होती, नहीं होती। 'मैं चिन्मय हूँ' इसमें बुद्धि की सहायता और अहंता भी साथ में रहेगी ही। पर यह जड़ 'मैं नहीं हूँ' नहीं हूँ, नहीं हूँ तो इसमें जड़ता पर नहीं का जोर लगेगा। चिन्तन भी जड़ता का है और निषेध भी जड़ता का है। तो जैसे झाड़ू और कूड़ा करकट एक धातु के हैं ओर झाड़ू से कूड़ा करकट साफ करके झाड़ू भी बाहर फेंक दिया जाए, तो साफ मकान पीछे रह जाएगा, उसके लिए उद्योग नहीं करना पड़ेगा, ऐसे ही जड़ता के द्वारा जड़ता की निवृत्ति करने पर ब्रह्म पीछे रह जाता है, उस (ब्रह्म) के लिए उद्योग नहीं करना पड़ता। बिना प्रकृति की सहायता लिए उद्योग होता भी नहीं।

'मैं' यह नहीं हूँ-इसमें मैं और यह एक जाति के हैं। यह जो 'मैं' है यह दो तरफ जाता है। एक मैं जड़ता की तरफ जाता है और एक 'मैं' चेतनता की तरफ जाता है। चेतनता की तरफ 'मैं' मानने से (कि 'मैं' चिन्मय हूँ) जड़ता का 'मैं' मिटेगा नहीं और जड़ता की तरफ 'मैं' मानने से (कि 'मैं' यह नहीं हूँ) स्वतः रहेगा। इसलिए साधक के लिए 'मैं' यह हूँ की अपेक्षा 'मैं' यह नहीं हूँ, बहुत ज्यादा उपयोगी है। निषेधात्मक साधन से स्वरूप (आत्मा) में स्थिति जितनी जल्दी होती है, उतनी जल्दी विध्यात्मक साधन से नहीं होती। ऐसे ही दुर्गुण-दुराचारों का त्याग किया जाए, तो सदगुण, सदाचार जल्दी आएंगे। जैसे मैं सत्य बोलूँगा इस बात में जितना अभिमान रहेगा, उतना मैं झूठ नहीं बोलूँगा में अभिमान नहीं रहेगा। झूठ नहीं बोलकर कौन सा भारी काम कर लिया और सत्य बोलकर बड़ा भारी काम कर लिया - ऐसा भाव रहेगा। इसलिए सत्य बोलने का अभिमान जल्दी टूटेगा नहीं।

बुद्धि साथ में रहने पर जड़ता से सम्बन्ध-विच्छेद हो ही नहीं सकता, क्योंकि जिससे सम्बन्ध-विच्छेद करना है, उस शरीर, इन्द्रियाँ, मन, बुद्धि आदि

को ही साथ ले लिया। इस तरफ विचार न करने से ही बहुत वर्ष लग जाते हैं। साधक सोचता रहता है, चिन्तन करता रहता है और स्थिति वहीं की वहीं रहती है। जैसे कोल्हू का बैल उम्र भर चलता है, पर वहीं का वहीं रहता है, वैसी दशा रहती है साधक की। इसलिए इस विषय पर बहुत गहरा विचार करने की जरूरत है कि साध शरीर नहीं है।

हम सब जानते हैं कि शरीर परिवर्तनशील तथा नाशवान है, परन्तु क्या हम इसे वास्तव में मानते हैं, अत: पहले हम अपनी इस जानकारी का आदर करें कि हम शरीर नहीं हैं। साध मालिक की वह शक्ति है जो शरीर के मिटने पर भी मिटती नहीं, सदा रहती है। साध वीरभानजी ने निरवान-ग्यान की पन्द्रहवीं वानी की तीसरी लगमात में जो कहा उसका भावार्थ-"संसार नाशवान है तथा यह शरीर संसार का ही अंग है इसलिए यह भी नाशवान है, दोनों में पांच तत्त्व और तीन गुण हैं। लेकिन साध अविनाशी है, क्योंकि यह शरीर नहीं है, शरीर इसने धारण किया है। साध सत की टांकी है। सत में ये जो पन है, उसका धागा इसमें भी है।"

भक्ति योग

अ."मालिक ही हमारे अपने हैं"

निरवान-ग्यान के पहले अशलोक की पहली लगमात में परसजी साध ने जो कहा उसका भावार्थ-"मालिक के समान दूसरा कोई भी नहीं है।" ऐसे मालिक जिनके समान दूसरा कोई भी नहीं है, जो अभी अपने में है। तो जो अपने मालिक हैं वह अपने में हैं और अपना अपने से अलग नहीं होता। मालिक की प्राप्ति का इससे अच्छा कोई उपाय नहीं हो सकता। अपने हैं, अपने में हैं, अभी हैं-ऐसा मानने से निश्चिन्तता, प्रियता और निर्भयता आएगी। यह साधना है और इसको अपनाने वाला साधक हैं। सर्व समर्थ मालिक जब अपने हैं, तो फिर काहे का भय, काहे की चिन्ता और काहे की खिन्नता? ऐसा मान लेने पर हम निश्चिंत होकर, निर्भय होकर विश्राम प्राप्त कर लेते हैं। विश्राम का अर्थ होता है कि हमें अपने लिए कुछ नहीं करना है, न कुछ पाना है। इस विश्राम में अनन्त शक्ति है, चिन्मयता है, रस रूप जीवन है। परन्तु कितने दु:ख की बात है कि जब हमें विश्राम मिल सकता है, विश्राम में अनन्त आनन्द है, रस रूप, चिन्मय जीवन है, तब उसे तो हम छोड़ देते हैं और जो सदैव नहीं है, सर्वत्र नहीं है और सभी के लिए नहीं है, उसके पीछे दौड़ते हैं। हम कहते हैं, हाय, शरीर का नाश हो गया या नाश हो जाएगा या नाश हो रहा है। विधान यह है कि जो हमसे कभी भी अलग हो सकता है, वह अभी भी अलग है और जो अलग नहीं है, वह कभी भी अलग नहीं है।

जिसका नाश हो जाएगा वह मालिक नहीं है। इससे सिद्ध हुआ कि मालिक के अलावा न कोई हमारा है, न कोई हमारा हो सकता है। संसार मालिक का है और जब हम संसार को मालिक का मान लेते हैं और मालिक को अपना मान लेते हैं, तब अपने मालिक की चीज क्या प्यारी नहीं लगेगी।

संसार मालिक का बनाया हुआ है, इसलिए संसार हमारे मालिक का है, इसलिए प्यारा लगेगा। लेकिन संसार हमारा नहीं है, मालिक का है और मालिक हमारे हैं। इसी बात को जीवन में सदा बनाए रखने के लिए कहते हैं-मेरे मालिक,

मेरे मालिक। इसलिए कहा, क्योंकि मालिक हमारे हैं, इसलिए मेरे कहा और मालिक सर्वत्र है, समर्थ है, इसलिए मालिक कहा।

हम अनाथ नहीं हैं, हमारे रक्षक सर्व समर्थ हैं, हमेशा है, हमारे ही में हैं-ऐसा मानकर हम शान्त हो जाएं। शान्त होने पर मन में जो उथल-पुथल मचे, यदि बुरे ख्याल उठें, तो उनसे लड़ें नहीं, उनकी उपेक्षा करें बस। जैसे हम किसी को बुरा समझते हैं तो बुरा न समझें या किसी से आशा करते हैं तो कहें-हम किसी से आशा नहीं करेंगे। उपेक्षा का अर्थ होता है कि उन ख्यालों का हमारे लिए अस्तित्व नहीं है और धीरे से कहें-मेरे मालिक। शान्त रहने से चिर-विश्राम में प्रवेश होगा और विश्राम में प्रवेश होने से मालिक मिलेंगे, आनन्दमय जीवन की प्राप्ति होगी, अनूठा रस मिलेगा।

यदि मनुष्य को अपार आनन्द मिल जाए तो जीवन में कुछ चाहना रहेगी क्या? मुझे वह नहीं चाहिए, जो मुझमें नहीं है, मेरा नही है, सदा नहीं है। फिर बताओ संसार में कौन सी चीज सदा है? अपने को आनन्द मिले, सभी को आनन्द मिले। सबमें हम भी आ गए। हमको सुख मिले, पड़ोसी को दुःख मिले, तो क्या पड़ोसी का दुःख कालान्तर में हमारी छाती पर सवार नहीं हो जाएगा? जैसे मोहल्ले में आग लग जाए, तो क्या हमारा घर बच जाएगा।

तो हमें वह नहीं चाहिए, जो परम स्वतन्त्र, उदार और प्रेम से परिपूर्ण नहीं है। जो हममें है, वही उदार और स्वतन्त्र है, सदा है, प्रेम से परिपूर्ण है।यह मालिक विश्वासी शरणागत सन्तो का अनुभव है। हमें उनके अनुभव से लाभ उठाना चाहिए। जो आनन्द रूप है, रस रूप है, वह मालिक अपने में है, अभी है। यदि ऐसा हम मान लेते हैं तो हम बड़ी सुगमतापूर्वक हमेशा के लिए, निश्चिन्त हो जाते हैं, निर्भय हो जाते हैं और स्वभाव से अपने में अपनी प्रियता उदय हो जाती है। यदि निश्चिन्तता और प्रियता प्राप्त हो जाती है तो अपने को अपने की स्मृति होती है। अपना अपने को प्यारा लगता है। जिसको अपना नहीं माना है, वह क्या कभी प्यारा लगा है? प्रेम अपना मानने से ही पैदा होता है। अपना प्रिय मान लिया, अपना प्रिय अपने में है, अभी है-इस विश्वास के बिना कभी भी किसी को मालिक की प्राप्ति नहीं हो सकती।

मालिक विश्वासी को ही मालिक की प्राप्ति होती है। हमें अचाह होकर शान्ति मिलती है। यदि तुम चाहो तो अचाह होकर शान्ति पा सकते हो। बुराई रहित होने से हमारा जीवन उपयोगी होता है। यदि तुम अपना जीवन उपयोगी बनाना चाहो, तो किसी को बुरा न समझो। किसी को बुरा नहीं समझने से जीवन संसार के लिए उपयोगी होता है। यह जीवन का सत्य है। सबको मालिक का

मानें, सबमें मालिक को मानें और सब को भूल जाएं, मालिक को ही मानें। सब मालिक के हैं-सब कुछ तेरा, तू है मेरा-इस सत्य को स्वीकार करना है। यह इन्द्रियों से नहीं होता, मन से नहीं होता, बुद्धि से नहीं होता, वरन 'अपने' (आत्मा) द्वारा होता है और वह स्थायी हो जाता है, उसकी विस्मृति नहीं होती। इसलिए 'अपने' द्वारा स्वीकार करो कि मालिक अपने हैं। ऐसा मानने से सबके प्रति प्यार की भावना जागेगी। एक बार एक संत किसी के यहां ठहरे थे। उन सज्जन की पत्नी ने संतजी से पूछा कि भक्ति का स्वरूप क्या है? संत उनके घर के आंगन में बैठे थे और वह स्त्री अपने पति की बहन के लड़कों को बहुत प्यार से खाना खिला रही थी, जैसा कि माताओं का स्वभाव होता है। संत ने पूछा-आप इन बच्चों को इतने प्यार से खाना क्यों खिला रही हो? उस स्त्री ने कहा-क्या आप नहीं जानते यह हमारे पति की बहन के बच्चे हैं, हमारे भांजे हैं? संत ने कहा-जो इतने प्यार से बच्चों को खाना खिला रही हो, इसमें तुम्हारे पति का प्यार है या बच्चों का? यदि तुम्हारे पति के भांजे न होते, तो क्या इतने प्यार से खाना खिलातीं? संत ने कहा-'यही भक्ति है।'

हम सब काम मालिक का मानकर करते हैं, तो प्रेम का भाव मालिक से मिला देगा, यही भक्ति का स्वरूप है। इसलिए या तो संसार को देखो मत बिल्कुल विमुख हो जाओ और देखो तो प्यार से देखो। इससे जो प्यार जगेगा, वह मालिक तक पहुंचेगा और बाहरी क्रियाकलाप संसार में रह जाएगा। संसार की सेवा और मालिक का प्रेम ही सत्य है। क्या हम सब मालिक को नहीं मान सकते? क्या हम सबको प्यार भरी नजर से नहीं देख सकते? सबको आदर सम्मान नहीं दे सकते? दे तो सकते हैं, क्योंकि आदर सम्मान देने में कोई हानि का डर नहीं। एक बार माना हुआ सम्बन्ध सदा के लिए पक्का हो जाएगा। सब मालिक के हैं, मालिक अपने हैं-इस महान सत्य को क्या स्वीकार नहीं कर सकते? अगर तुम्हें संसार पसन्द नहीं आता तो संसार से नाता तोड़ दो। मान लो मेरा कुछ नहीं है-यह ज्ञान की बात है। सब मालिक के हैं, मालिक के नाते प्रिय हैं-यह विश्वास की बात है। ज्ञान पूर्वक निर्णय करो कि संसार में मेरा कुछ नहीं है। विश्वास पूर्वक स्वीकार करो कि मालिक अपने हैं। जिस मालिक का यह सब कुछ है, वह सर्व समर्थ मालिक अपने में है, अभी है। इससे बढ़कर और कोई ज्ञान नहीं हो सकता।

कोई अपनी मानी हुई जाति को, नाम को भूलता है क्या? तो माने हुए मालिक को कैसे भूल जाओगे? परन्तु यह तब होगा, जब मान लो कि मालिक अपने हैं। एक बात बताओ-किया हुआ ठहरता है या स्वीकार किया हुआ? उत्तर

होगा-स्वीकार किया हुआ। स्वीकार शरीर धर्म है या स्वधर्म है? स्वधर्म है। स्वीकार अपने द्वारा करोगे। अपने द्वारा जो स्वीकार करोगे, उसी से सर्व दु:खों से निवृत्ति व सुख और शान्ति मिल सकती है। स्वीकार करना अपना काम है। उस स्वीकृति में विकल्प न हो, सन्देह न हो, तो यही बोल सन्त की वाणी हो जाएगी। जिसमें सन्देह हो वह संत की वाणी नहीं है। इस आस्था में विकल्प न करो, सन्देह न करो और पुन: इस पर विचार कर लो कि संसार में मेरा कुछ भी नहीं है, मुझे कुछ नहीं चाहिए। सब मालिक का है, मालिक अपने हैं-इस महावाक्य को अपनाकर हम सदा के लिए मुक्त हो जाएं, यही मेरी सदभावना है।

ब. मैं मालिक का हूँ, मालिक मेरे हैं

वास्तव में हम सब मालिक के हैं और यह संसार भी मालिक का है, परन्तु जब हम इस पर कब्जा करना चाहते हैं, इसको अपना मान लेते हैं, तब हम इसमें बंध जाते हैं। यदि हमें दुःख, अशान्ति, आफत चाहिए तो शरीर संसार से सम्बन्ध जोड़ ले, उनको अपना मान लें और यदि सुख, शांति, आनन्द, मौज चाहिए तो मालिक से सम्बन्ध जोड़ लें, उनको अपना मान लें। अब फैसला हमें करना है कि हम क्या चाहते हैं, दुःख चाहते हैं या मौज मुक्त की चाहते हैं। मनुष्य की यह धारणा रहती है कि हमारे अधिकार में जितनी वस्तुएं और व्यक्ति आ जाएंगे, उतने हम बड़े बन जाएंगे, परन्तु यह धारणा बिल्कुल गलत है।

जिन रुपए परिवार आदि को हम अपना मान लेते हैं, उनके हम आधीन हो जाते हैं। वहम तो यह होता है कि यह हमारी मिल्कियत है, पर बन जाते हैं उनके गुलाम। यह बात खूब समझने की है, केवल सुनने-सुनाने की नहीं है। हम स्वयं विचार करें। जिन मकानों को हम अपना मानते हैं, उन मकानों की ही हमें चिन्ता होती है। जिन मकानों को हम अपना नहीं मानते, उनकी चिन्ता हमें नहीं होती। जिस परिवार को हम अपना मानते हैं, उसके बनने, बिगड़ने का असर हम पर होता है और जिनको अपना नहीं मानते, उनके बनने बिगड़ने का असर हम पर नहीं होता। ऐसे ही रुपए पैसे, जमीन जायदाद आदि वस्तुओं को अपना मान लेते हैं, उनकी जिम्मेवारी, उनकी चिन्ता, उनके संचालन आदि का भार हम पर आ जाता है। जिनको हम अपना नहीं मानते, उनसे हमारा बन्धन नहीं होता। इस युक्ति पर हम विचार करें।

संसार में जो थोड़े से मकान हैं, थोड़े से व्यक्ति हैं, थोड़े से रुपए (लाख, करोड़, अरब) हैं, उन मकानों, व्यक्तियों और रुपयों में ही हम बंधे हुए हैं। जिनको हम अपना नहीं मानते, उन मकानों, व्यक्तियों और रुपयों से हम बिल्कुल मुक्त हैं। अतः संसार से हमारी ज्यादा मुक्ति तो है, थोड़ी-सी मुक्ति बाकी है। मुक्ति नाम है छूटने का। जिन रुपयों आदि को हम अपना नहीं मानते, उनसे हम बिल्कुल छूटे हुए हैं। जिनमें हमारी ममता नहीं है, उनके हानि-लाभ आदि का

असर हम पर नहीं पड़ता, अर्थात् उनमें हम सम रहते हैं। वह चाहे सोना हो, चाहे मिट्टी या पत्थर हो, उसके आने जाने का असर हम पर कोई नहीं पड़ता।

वास्तव में समता ही तत्त्व है, जिनका मन समता में स्थित है, उन्होंने इस जीवित अवस्था में ही सम्पूर्ण संसार को जीत लिया। तात्पर्य है कि जिनके हृदय में समता है, उनके हृदय में वस्तुओं के बनने बिगड़ने पर, आने-जाने पर कोई विषमता नहीं होती, पक्षपात नहीं होता, राग-द्वेष नहीं होते, हर्ष शोक नहीं होते। इस स्थिति के लिए कबीर साहिब ने कहा है-"समता होय रमता कौ पावै।" समता ही साध की 'रहत' है और समता होने से 'रमता' का ज्ञान होता है। इस प्रकार इकतीसवें और बत्तीसवें लच्छन की समता आने से प्राप्ति हो जाती है। बत्तीस लच्छन की साधना पूरी हो जाती है, जिसका नाम मात्रा में जिकर आया है। वस्तुओं के आने जाने से हमारे ऊपर किंचितमात्र भी असर नहीं पड़े, तब तो हम संसार पर विजयी हो गए। परन्तु यदि उनके आने-जाने का असर पड़ता है तो हम संसार से पराजित हो गए, हार गए। संसार विजयी हो गया हम पर। हार किसी को भी अच्छी नहीं लगती, जीत सबको अच्छी लगती है। जिनका मन समता में स्थित है, वे आज और अभी जीत सकते हैं, विजयी हो सकते हैं। यह एकदम सिद्धान्त की और बिल्कुल सच्ची बात है।

मालिक को प्राप्त करना मनुष्य का खास ध्येय है।। प्रत्येक भाई और बहिन सब अवस्थाओं में उनको प्राप्त कर सकते हैं। क्योंकि प्राप्ति के लिए यह मनुष्य शरीर मिला है। परन्तु हम नाशवान चीजों को अपनी मानकर फंस जाते हैं, बंध जाते हैं और अपने लक्ष्य से वंचित रह जाते हैं। ये चीजें पहले भी अपनी नहीं थीं और पीछे भी अपनी नहीं रहेंगी-यह पक्की बात है। बीच में उनको अपना मानकर हम फंस जाते हैं। अगर हम चीजों को अपनी न मानें, प्रत्युत उनको मालिक की ही मानकर, अच्छे से अच्छे, उत्तम से उत्तम व्यवहार में लाएं तो हम बंधन में नहीं पड़ेंगे। उन वस्तुओं में हमारा जितना अपनापन छूटता चला जाएगा, उतनी उतनी हमारी मुक्ति होती चली जाएगी।

मालिक से हमारा अपनापन सदा से है और सदा रहेगा। केवल हम ही मालिक से विमुख हुए हैं, मालिक हमसे विमुख नहीं हुए हैं। हम मालिक के हैं और मालिक हमारे हैं। मीराबाई इतनी ऊंची हुईं, इसका कारण उनका यह भाव था कि केवल एक मालिक ही मेरे हैं, दूसरा कोई मेरा नहीं है।

भाइयों हम मालिक के हो जाते हैं तो मालिक की सृष्टि के साथ उत्तम से उत्तम व्यवहार करना हमारे लिए आवश्यक हो जाता है। यह सब सृष्टि मालिक की है, ये सभी हमारे मालिक के हैं-ऐसा भाव रखोगे तो उनके साथ

हमारा बर्ताव बड़ा अच्छा होगा। त्याग का, उनके हित का, सेवा का बर्ताव होगा। इससे व्यवहार तो शुद्ध होगा ही, हमारा परमार्थ भी सिद्ध हो जाएगा, हम संसार से मुक्त हो जाएंगे। अतः हम मालिक के होकर मालिक का कार्य करें। ये सब प्राणी मालिक के हैं, इन सबकी सेवा करें। अपना यह भाव बना लें कि सबके सब सुखी हो जाएं, सबके सब नीरोग हो जाएं, सबके जीवन में मंगल ही मंगल हो, कभी किसी को दुःख न हो-ऐसा भाव हमारे में हो जाएगा तो दुनियामात्र सुखी होगी कि नहीं होगी, इसका पता नहीं, परन्तु हम सुखी हो जाएंगे, इसमें सन्देह नहीं।

हम इस बात को ध्यानपूर्वक समझें कि भक्ति मार्ग में केवल भाव बदलना है कि मैं मालिक का हूँ, मालिक मेरे हैं, संसार मेरा नहीं और मैं संसार का नहीं हूँ। अनन्य होकर मालिक का चिन्तन करने का तात्पर्य यह है कि मैं केवल मालिक का हूँ और केवल मालिक मेरे हैं। ऐसा करने वाले के लिए पंडजी साध ने निरवान-ग्यान के छठे जथा की छठी और सातवीं लगमातो में जो कहा उसका भावार्थ-"धरती डिग जाए, आकाश डिग जाए यह सम्भव है, परन्तु अननीदास अपने विश्वास से डिग जाए यह सम्भव नहीं है, और सातवीं लगमात में कह रहे हैं कि मरा हुआ व्यक्ति जिन्दा हो जाए, समुद्र सूख जाए, यह मान सकता हूँ, परन्तु अनन्य बंदे के विश्वास में किंचितमात्र भी कमी या चूक हो जाए, यह नहीं मान सकता।"

भाइयों, जो व्यापार करना चाहता है, उसको यदि कोई बढ़िया बात बता दे तो वह उसे छोड़ेगा नहीं, क्योंकि उसमें लाभ बहुत होता है। ऐसे ही जो अपनी आध्यात्मिक उन्नति चाहता है, उसके लिए बड़ी श्रेष्ठ और सीधी सादी बात यह है कि वह-मैं मालिक का हूँ और मालिक मेरे हैं, यह मान ले। यह मान्यता यदि दृढ़ हो जाए तो आज ही पूर्णता हो सकती है। अगर इस मान्यता को मिटाओगे नहीं तो समय पाकर स्वतः ही पूर्णता हो जाएगी। अतः इतनी कृपा करें, मेहरबानी करें कि "मैं मालिक का हूँ और मालिक मेरे हैं", यह बात पक्की मान लें। सच्ची बात है तुम्हें धोखा नहीं देता हूँ। पहले हम मालिक के थे, अन्त में मालिक के ही रहेंगे और अब भी मालिक के ही हैं। हम मानें या न मानें, पर हम मालिक के ही हैं, इसमें सन्देह नहीं। हम मालिक के हैं, ऐसा जब तक मानेंगे नहीं तब तक मालिक के होते हुए भी लाभ नहीं ले सकेंगे। जब तक हम मालिक से विमुख रहेंगे, तब तक हमें शान्ति प्रसन्नता नहीं मिलेगी, आनन्द नहीं मिलेगा। निरवान ग्यान की बीसवीं वानी की पहली लगमात में पंडजी साध ने जो कहा उसका भावार्थ-"जो मालिक से विमुख है उनका जीवन धिक्कार है और वे

अपना मनुष्य जीवन जो मुक्ति प्राप्त करने के लिए मिला है, उसका सदुपयोग न करके, ऐसे ही नाश कर रहे हैं, मिले हुए अवसर को गंवा रहे हैं।" मालिक के सम्मुख होते ही करोड़ों जन्मों के पाप नष्ट हो जाते हैं। अतः यह बात मान लो कि हम मालिक के हैं, हम किसी और के नहीं हैं। यहाँ शंका हो सकती है कि हम किसी के नहीं होंगे, कोई हमारा नहीं होगा तो दुनिया का पालन पोषण कैसे होगा? तो यह मान लो कि जैसे हम मालिक के हैं, ऐसे ही सब प्राणी तथा संसार मालिक का है, इसे मालिक का मानकर व्यवहार करें। घर परिवार तथा सगे सम्बन्धियों को मालिक का मानकर व्यवहार करेंगे तो भक्तियोग हो जाएगा। ये मेरे हैं-इस प्रकार मानने से "जन्म-मरण योग" हो जाएगा, अर्थात् जन्मो, फिर मरो, मरकर फिर जन्म लो-इस तरह जन्म मरण के साथ सम्बन्ध हो जाएगा। हमारी ममता जहाँ रह जाएगी वहीं जन्म होगा। ममता नहीं रहेगी तो जन्म मरण के चक्र से मुक्ति हो जाएगी। कितनी सरल और बढ़िया बात है। फिर यह शंका उठ सकती है कि बढ़िया बात तो है पर होती नहीं? तो इसका निवारण है कि-होती नहीं है, ऐसी बात नहीं है। हम इसको अभी मान लें तो अभी हो जाएगी, यह सन्तों की कही हुई बात है। बड़ी-बूढ़ी माताओं से पूछो? जब वे छोटी बच्ची थीं, तब वे अपने पिता के घर को अपना घर मानती थीं उस घर में उनकी ममता थी कि यह घर मेरा है। परन्तु विवाह होने के बाद वे अपने पति के घर को अपना घर मानने लगीं। ससुराल वाले अपने हो गए। अतः मेरापन बदलना तो हमको आता ही है। ससुराल में रहते रहते वह इतनी रच-पच जाती है कि उसको ख्याल ही नहीं आता कि कभी वह इस घर की नहीं थी। परिवार फैल जाता है, बेटे पोते हो जाते हैं। पोते का विवाह होता है और उसकी बहू घर में आकर खट-पट मचाती है तो वह बूढ़ी दादी कहती है कि इस पराई जायी छोकरी ने आकर मेरा घर बिगाड़ दिया। अब उस बूढ़ी मां से कोई पूछे कि यह तो परायी जायी है, पर आप यहीं जन्मीं थीं क्या? उसको याद ही नहीं कि मैं तो परायी जायी हूँ। वह यही मानती है कि मैं तो यहाँ की ही हूँ। बोलो अपनापन बदल गया कि नहीं? वह परायी जायी छोकरी भी एक दिन कहेगी कि यह घर मेरा है। आज उसको हम भले ही परायी जायी कह दें, पर यह घर भी उसका हो जाएगा। माताओं! जो घर अपना नहीं था, वह घर भी अपना घर हो गया, फिर मालिक का घर तो पहले से ही अपना है। हम मालिक के लाडले पुत्र हैं। हम चाहे कपूत हों या सपूत पर हैं मालिक के ही। दुराचारी से दुराचारी मनुष्य भी यदि मालिक की भक्ति में अनन्यभाव से लग जाए कि मैं तो मालिक का हूँ और मालिक मेरे हैं, तो उसको साध ही मानना चाहिए। वह बहुत जल्दी संत बन

जाता है और निरन्तर रहने वाली शान्ति को प्राप्त हो जाता है।

हम सदा से ही मालिक के ही हैं। शरीर संसार से मिला है। जिन माता-पिता से यह शरीर मिला है, उनकी सब तरह से सेवा करना, सुख पहुंचाना, आदर करना हमारा कर्त्तव्य है। पर हम स्वयं मालिक के ही हैं। इस बात को भक्त प्रह्लाद जी जानते थे। उनके पिताजी कहते तुम मालिक का नाम मत लो, उनकी भक्ति मत करो, यदि करोगे तो मार दिए जाओगे। परन्तु प्रह्लादजी इस बात से भयभीत नहीं हुए। उनके पिता हिरण्यकशिपु ने अपनी स्त्री कयाथू से कहा कि तू अपने लड़के को जहर पिला दे। कयाथू पतिव्रता स्त्री थी। उसकी गोद में प्रह्लाद और हाथ में जहर का प्याला। मां के द्वारा अपने बालक को जहर पिलाना बड़ा कठिन काम है। प्रह्लाद जी अपनी मां से कहते हैं कि मां! तू जहर पिला दे तो तेरे भी धर्म का पालन हो जाएगा और मेरे भी धर्म का पालन हो जाएगा। प्रह्लाद जी जहर पी गए पर मरे नहीं, क्योंकि उनको मालिक पर पूरा विश्वास था। उन्होंने पिताजी की आज्ञा को भंग नहीं किया। उनको समुद्र में डुबाने लगे तो उन्होंने यह नहीं कहा कि मेरे को क्यों डुबाते हो? वे वहाँ से बच गए तो उनके ऊपर वृक्ष और पत्थर डाल दिए गए। उनको पहाड़ से गिराया गया, हाथी से कुचलवाया गया, अस्त्र-शस्त्रों से काटने की चेष्टा की गई, आग में जलाने की कोशिश की गई, पर वे मरे नहीं। प्रह्लादजी ने कभी यह नहीं कहा कि तुम मेरे को मारते क्यों हो? परन्तु मालिक की भक्ति नहीं छोड़ी।

पिताजी ने उन्हें शुक्राचार्य के पुत्र शण्डामर्क के पास भेजा। वहाँ पर वे पढ़ाई नहीं करते। गुरुजी जब बाहर जाते, तो वे अपनी पाठशाला शुरू कर देते। वे राजकुमार थे, अतः सब लड़के उनके बताए अनुसार मालिक का भजन करते। गुरुजी ने देखा कि प्रह्लादजी ने तो पाठशाला को भजनशाला बना दिया, अतः वे हरिण्यकशिपु के पास जाकर बोले कि महाराज! आपका लड़का खुद तो बिगड़ा हुआ है ही, दूसरे लड़कों को भी बिगाड़ रहा है। हरिण्यकशिपु ने प्रह्लादजी को बुलाकर पूछा कि तेरी खोटी बुद्धि कहाँ से आई? प्रह्लाद जी ने कहा कि पिताजी! ऐसी बुद्धि न तो स्वतः पैदा होती है और न इसको कोई सिखा सकता है। यह सन्त-महात्माओं की कृपा से मिलती है।

बचपन में प्रह्लादजी पर नारदजी की कृपा हुई थी। प्रह्लादजी जब मां के गर्भ में थे, तब इन्द्र ने आकर लूटपाट की और कयाथू को ले गया। हरिण्यकशिपु उस समय तपस्या के लिए वन में गया हुआ था। जब इन्द्र कयाथू को ले जा रहा था तो रास्ते में नारदजी मिले। नारदजी ने कहा इस अबला को क्यों दुःख दे रहा है? इस बेचारी ने क्या अपराध किया है? इन्द्र बोला महाराज इसके पेट

में मेरे शत्रु हरिण्यकशिपु का अंश है। उसने अकेले ही इतना तंग कर दिया है, जब दो हो जाएंगे तो बड़ी मुश्किल हो जाएगी। इसलिए मैं कयाथू को ले जा रहा हूँ। जब बच्चा जन्मेगा तो मैं इसको मार दूँगा, कयाथू को कुछ नहीं करूँगा। नारदजी ने कहा कि इसका जो बच्चा होगा, वह तेरा बैरी नहीं होगा। नारदजी की बात देवता, असुर, राक्षस, मनुष्य सब मानते हैं, क्योंकि वे सन्त जो ठहरे। सन्तों पर सबका विश्वास होता है। इन्द्र ने उनकी बात मान ली और कयाथू को छोड़ दिया। नारदजी ने कयाथू को एक कुटिया में रखा और कहा, बेटी! तुम चिन्ता मत करो यहीं पर आराम से रहो। जैसे पिता के घर लड़की प्यार से रहती है, ऐसे ही वह भी वहाँ रहने लगी। नारदजी उसके गर्भ को लक्ष्य में रखकर मालिक की महिमा सुनाते थे जिससे गर्भ में जो बालक है वह मालिक का भक्त बन जाए, इस भाव से सत्संग की बड़ी अच्छी अच्छी बातें सुनाते थे।

नारदजी का उपदेश मां को तो याद नहीं रहा, परन्तु प्रह्लादजी ने गर्भ में ही उस उपदेश को धारण कर लिया। वे वहीं से भक्त बन गए। भक्त बनने से उनके हृदय में यह बात आ गई कि मैं स्वयं तो वास्तव में मालिक का ही हूँ और यह शरीर माता पिता का है। माता पिता यदि इस शरीर के टुकड़े-टुकड़े भी कर दें, तो भी मुझे बोलने का अधिकार नहीं है, क्योंकि शरीर इनका दिया हुआ है। परन्तु मैं स्वयं साक्षात मालिक का हूँ, अतः मालिक की तरफ से हटाने का इन्हें अधिकार नही है। मैं मालिक की तरफ लगूँ और शरीर माता-पिता की सेवा में लगे।

यह शरीर माता-पिता का है। इसलिए माता-पिता की खूब सेवा करो, सब तरह से उनको सुख पहुंचाओ, उनका आदर सत्कार करो। वास्तव में हम सेवा करके भी उऋण नहीं हो सकते। मां के ऋण से कोई भी उऋण नही हो सकता। संसार में जितने भी सम्बन्ध हैं, उनमें सबसे बढ़कर मां का सम्बन्ध है। इस शरीर का ठीक से जैसा पालन-पोषण मां करती है, वैसा कोई नहीं कर सकता। बालक पर मां का विशेष असर पड़ता है। प्रायः देखा जाता है कि मां श्रेष्ठ होती है तो उसका पुत्र भी श्रेष्ठ होता है। इसलिए जिसका मन मालिक में लग जाता है, उसकी मां भी कृतार्थ हो जाती है।

हम दान पुण्य करके, बड़ा उपकार करके इतना लाभ नहीं ले सकते, जितना लाभ मालिक के चरणों की शरण होकर ले सकते हैं। कारण कि मालिक के साथ हमारा अकाट्य अटूट सम्बन्ध है। यह सम्बन्ध कभी टूट नहीं सकता। इस सम्बन्ध को जीव ही भूला है, मालिक नहीं भूले। इसलिए जीव के ऊपर ही मालिक की तरफ चलने की जिम्मेदारी है। मालिक तो अपनी ओर से कृपा

कर ही रहे हैं, चाहे वह कैसा भी हो, मालिक सबका पालन-पोषण करते हैं। पापी को भी दण्ड देकर सुधारते हैं, नरकों में डालकर पवित्र करते हैं। इस तरह मालिक तो सम्पूर्ण जीवों का पालन-पोषण करने में, उनको पवित्र करने में लगे हैं। जीव ही मालिक से विमुख हुआ है, इसलिए इस पर ही मालिक के सम्मुख होने की जिम्मेवारी है। जहाँ सम्मुख हुआ कि बेड़ा पार। इसलिए हम मालिक के चरणों की शरण हो जाएं और अपनी अहंता बदल लें कि हम मालिक के हैं। जैसे माताएं, बहनें अपनी अहंता बदल देती हैं कि मैं अब इस घर की नहीं हूँ, जहाँ विवाह हुआ है उस घर की हूँ। उनका गोत्र बदल जाता है, पिता का गोत्र नहीं रहता।

हम अपनी तरफ से मालिक को अपना मानते नहीं पर मालिक अपनी तरफ से हमें अपना मानते हैं। मानते ही नहीं जानते भी हैं। बच्चा मां को अपनी मां मानता है पर कभी-कभी अड़ जाता है कि तू मेरा कहना नहीं मानती, मैं तेरा बेटा नहीं बनूंगा। मां हँसती है, क्योंकि वह जानती है कि बेटा तो मेरा ही है। बच्चा समझता है कि मां को मेरी गरज है, बेटा बनना मां को निहाल करना है, इसलिए कहता है कि तेरा बेटा नहीं बनूंगा, तेरी गोद में नहीं आऊंगा। परन्तु बेटा नहीं बनने से हानि किसकी होगी? मां का क्या बिगड़ जाएगा? मां तो बच्चे के बिना वर्षों से जीती रही, पर बच्चे का निर्वाह मां के बिना कठिन हो जाएगा। बच्चा उलटे मां पर अहसान करता है। मां के हृदय में जितना प्रेम होता है, उतना प्रेम बच्चों के हृदय में नहीं होता। ऐसे ही मालिक के हृदय में अपार स्नेह है।

हमारी कन्या अपनी अहंता बदल देती है, अपने को दूसरे घर की बहू मान लेती है। क्या हम अपनी अहंता नहीं बदल सकते? क्या हममें उस कन्या जितना भी सामर्थ्य नहीं है। जिस कन्या का हमने पालन-पोषण किया, बड़ी धूमधाम से विवाह किया, उस कन्या के बदलने पर (दूसरे घर को अपना मानने पर) भी हम नाराज नहीं होते। ऐसे ही हम अपने को मालिक का और मालिक को अपना मान लें तो कोई नाराज नहीं होगा, क्योंकि यह सच्ची बात है। मीराबाई ने कहा कि मालिक के सिवाए मेरा कोई नहीं और मैं किसी की नहीं हूँ।

हम नौकरी करते हैं तो हमारी योग्यता के अनुसार वेतन मिलता है। परन्तु हम घर में माता के पास जाते हैं, तो क्या मां हमारी योग्यता के अनुसार रोटी देगी। हम काम करें तो वह रोटी देगी और काम नहीं करेंगे तो रोटी नहीं देगी। इस तरह नाम जपने से मालिक से सम्बन्ध होगा-नाम नहीं जपने से सम्बन्ध नहीं होगा-यह बात नहीं है। यदि हम मालिक से अपनापन कर लेंगे कि हे मालिक! मैं तो आपका ही हूँ, तो मालिक सोचेंगे कि यह चाहे जैसा भी है, अपना ही

बालक है। अतः मालिक हमारा पालन करेंगे ही। इसलिए मैं तो आपका ही हूँ और आप ही मेरे हैं-यह बड़ा सीधा रास्ता है।

संसार की सेवा करो। अपने तन, मन, धन, बुद्धि, योग्यता अधिकार आदि से दूसरों को सुख पहुंचाओ, पर उनको अपना मत मानो। यह अपनापन टिकेगा नहीं। केवल सेवा करने के लिए ही वे अपने हैं। संसार की जिन चीजों में अपनापन कर लेते हैं, वे ही हमें पराधीन बनाती हैं। वहम होता है कि इतना परिवार मेरा, इतना धन मेरा, पर वास्तव में ये मेरे नहीं हैं, हम इनके हो गए, इनके पराधीन हो गए। न तो यह हमारे साथ रहेंगे न हम इनके साथ रहेंगे। इसीलिए बड़े उत्साह और तत्परता से इनकी सेवा करो तो दुनिया भी राजी और मौज में रहे। जब सेवा करने वाला नहीं मिलता, तब सेवा चाहने वाला दुःखी रहता है। परन्तु सेवा करने वाला सदा सुखी रहता है, आनन्द में रहता है।

स. मालिक में अपनापन

वास्तव में कोई भी मनुष्य अनाथ नहीं है। सबके सब मनुष्य सनाथ हैं। संसार में प्रत्येक वस्तु का कोई न कोई मालिक होता है। फिर मनुष्य का कोई मालिक न हो, ऐसा कैसे हो सकता है? जो सबके मालिक हैं वे मेरे भी मालिक हैं। दरजोधन जी साध ने निरवान ग्यान की तीसरी नौनिद्धी की चौदहवीं लगमात में जो कहा उसका भावार्थ-"समस्त संसार का मालिक एक है, उस एक को जानो।" हम उनको मालिक मानें या न मानें, जानें या न जानें, पर वे हमें अपना जानते ही हैं। अत: अपने को अनाथ समझना भारी भूल है।

मनुष्य को अपने में अनाथ पने का अनुभव क्यों होता है? जब वह किसी वस्तु, व्यक्ति को अपना मान लेता है, तब उसका अभाव होने से उसको अपने में अनाथ पने का अनुभव होने लगता है। यह नियम है कि जब मनुष्य अपने को किसी वस्तु, व्यक्ति का मालिक मान लेता है, तब वह अपने मालिक को भूल जाता है। जैसे बालक मां के बिना नहीं रह सकता, परन्तु जब वह बड़ा हो जाता है और पत्नी-पुत्र आदि को अपना मानने लगता है, तब वह अपनी मां की उपेक्षा करने लगता है। अगर मनुष्य मालिक के सिवाए किसी को अपना न माने तो उसका भूल से माना हुआ अनाथपना मिट जाएगा और सनाथ पने का अनुभव हो जाएगा।

वास्तव में मालिक ही सदा से अपने हैं। संसार पहले अपना नहीं था, पीछे अपना नहीं रहेगा और अब भी वह निरन्तर हमारे से बिछुड़ रहा है। परन्तु मालिक पहले भी अपने थे, पीछे भी अपने रहेंगे और अब भी वे अपने हैं। वे हमें कभी नहीं मिलते तो भी अपने हैं, सर्वथा मिलते हैं तो भी अपने हैं और कभी मिलते कभी नहीं मिलते तो भी अपने हैं। परन्तु संसार सर्वथा मिला हुआ दीखने पर भी अपना नहीं है। कारण कि जो सदा हमारे साथ नहीं रह सकता और हम सदा जिसके साथ नहीं रह सकते, वह अपना नहीं हो सकता। अपना वही हो सकता है जो सदा हमारे साथ रहे और हम सदा उसके साथ रहें अर्थात् जो हमारे से

कभी न बिछुड़े और हम उससे कभी न बिछुड़ें।

एक बड़े आश्चर्य की बात है कि संसार में जिसको अपना मानते हैं, वह तो नहीं रहता, पर उससे माना हुआ अपनापन रह जाता है, अर्थात् सम्बन्धी तो नहीं रहता, सम्बन्ध रह जाता है। जैसे किसी स्त्री को विधवा हुए बहुत वर्ष बीत गए, पर पति का नाम सुनते ही उसके कान खड़े हो जाते हैं अर्थात् पति के न रहने पर भी उसका पति के साथ सम्बन्ध बना रहता है कि मैं अमुक की पत्नी हूँ।

ऋणी और अपराधी की जल्दी मुक्ति नहीं होती। फल भोग से अथवा दान-पुण्यादि शुभ कर्मों से पाप तो नष्ट हो जाते हैं, पर ऋण और अपराध नष्ट नहीं होते। जिस व्यक्ति से ऋण लिया है अथवा जिस व्यक्ति का अपराध किया है, वे माफ कर दे, तभी ऋण और अपराध से मुक्ति होती है। मूल में संसार को अपना मानने से ही मनुष्य ऋणी, गुलाम, अनाथ, तुच्छ तथा पतित होता है। जो संसार में कुछ भी अपना नहीं मानता, वह किसी का ऋणी, अपराधी बनता ही नहीं, क्योंकि जब आधार ही नहीं रहेगा तो ऋण, अपराध आदि कहाँ टिकेंगे।

अगर वस्तुएं अपनी दिखती हैं तो वे केवल दूसरों की सेवा में लगाने के लिए, सदुपयोग करने के लिए अपनी हैं। अगर व्यक्ति अपने दिखते हैं तो वे केवल निःस्वार्थ भाव से सेवा करने के लिए अपने हैं। अपने लिए कुछ भी अपना नहीं है। अपने सुख आराम के लिए वस्तु, व्यक्ति को अपना मानना जन्म-मरण का कारण है। इसलिए जो संसार में कुछ भी अपना मानता है, उसको कुछ भी नहीं मिलता और जो कुछ भी अपना नहीं मानता है, उसको सब कुछ मिलता है, अर्थात् मालिक मिलते हैं। मोतीलाल साध ने ज्ञान सागर में कहा है-"जिन मालिक जाना पास ही, फिर क्या चाहिए और।" जो मालिक को अपने पास जान लेता है, तो फिर उसकी कोई भी चाहना नहीं रहती है।

अपनी बुद्धि, विचार, सामर्थ्य से वस्तुओं का दुरुपयोग न करके उनका सदुपयोग करने से वस्तुओं से माना हुआ सम्बन्ध मिट जाता है। सम्बन्ध मिटने से मुक्ति हो जाती है। यहाँ शंका हो सकती है कि संसार से सम्बन्ध-विच्छेद हो जाने के बाद भी जीवनयुक्त महापुरुष दूसरों की सेवा (हित) में क्यों लगे रहते हैं? इसका समाधान है कि साधनावस्था में ही उनका स्वभाव प्राणिमात्र के हित करने का रहा है-इसलिए कुछ भी करना, जानना और पाना शेष न रहने पर भी उनमें सबका हित करने का स्वभाव रहता है। तात्पर्य है कि दूसरों का हित करते करते जब उनका संसार से सम्बन्ध-विच्छेद हो जाता है, तब उनको हित करना नहीं पड़ता, प्रत्युत पहले के स्वभाव से उनके द्वारा स्वतः दूसरों का हित

होता है।

मालिक के अलावा हम जिसको भी अपना मानते हैं, वह अशुद्ध हो जाता है, क्योंकि ममता ही मल (अशुद्धि) है। इतना ही नहीं, उसको अपना मान करके हम उसके मालिक बनना चाहते हैं, पर वास्तव में उसके गुलाम बन जाते हैं, उसको ठीक करना चाहते हैं, पर वास्तव में वह बेठीक हो जाता है। हम जिन शरीर, मन, इन्द्रियां, बुद्धि, अहम् तथा पत्नी पुत्र, कुटुम्ब, धन, जमीन, मकान आदि को अपना मानते हैं, वे सब अशुद्ध हो जाते हैं और उनके सुधार में बाधा लग जाती है। परन्तु उनको अपना नहीं मानने से वे मालिक की शक्ति से शुद्ध हो जाते हैं, उनमें विलक्षणता आ जाती है, क्योंकि वास्तव में वे मालिक के ही हैं।

तात्पर्य है कि वस्तु को अपना मानने से वह अशुद्ध हो जाती है और हम अनाथ और पराधीन हो जाते हैं। अगर हम वस्तु को अपना न मानें तो वस्तु शुद्ध हो जाएगी और हमें अपने सनाथपने का तथा स्वाधीनता का अनुभव हो जाएगा।

निरवान ग्यान की चौरासवीं वानी की पहली लगमात में परसजी साध ने जो कहा उसका भावार्थ–"हम शरीर नहीं हैं, यह शरीर हमने धारण किया है, इस शरीर की ममता और अहंता का हम त्याग कर देंगे, तो फिर इस शरीर की हमें कोई परवाह नहीं रहेगी और हमें अनुभव ज्ञान हो जाएगा कि हम केवल मालिक के हैं।" पंडजी साध ने निरवान-ग्यान के दूसरे जथा की पहली, दूसरी, तीसरी और चौथी लगमातों में जो कहा उसका भावार्थ–"इस जीव का इस पांच तत्त्व और तीन गुण के संसार में कोई भी संगी नहीं है, क्योंकि जीव पांच तत्त्व और तीन गुन से न्यारा है। भूल से इसने इस पांच तत्त्व और तीन गुण के शरीर को अपना मान लिया है, इस मान्यता का यह त्याग कर दे और मालिक को अपना मान ले। जीव के कुल में कायरता नहीं है, क्योंकि इसका केवल सत से ही नाता है। पंडजी साध कह रहे हैं कि मैंने सत को ही अपना मान लिया है तथा शरीर को मिथ्या तथा इसके अहम को राख मान लिया है। अब केवल सत ही मेरे हैं, शरीर और इसके अहम से मेरा कोई सम्बन्ध नहीं है। सत से मिलने के लिए शरीर को निशाने पर ले लिया है, यानी यह जान लिया है कि इस शरीर का बदला करने से ही सत से मिलन होगा। अब मुझे शरीर की कोई भी परवाह नहीं है, यह जब चाहे चला जाए। अहम् को धूल के समान मान लिया है और यह कब्जे में हो गया है। जिसने अहम् को पासंग के समान समझ लिया है और सत के विश्वास पर दृढ़ है, ऐसा ज्ञान उसी को हो सकता है, जो मालिक का बंदा हो गया है। जो शरीर और संसार का गुलाम है, वह इस ज्ञान से दूर है।

कर्म योग

अ. सेवा की महत्ता

एक मालिक ही ऐसे हैं कि जो उनको चाहे, उसको वह मिल जाए। धन, सम्पत्ति, वैभव, मान, आदर, नीरोगता आदि जो चाहे, उसको ये मिल जाएं-यह नियम नहीं है। ये धन, सम्पत्ति आदि सबको नहीं मिल सकते, मिलेंगे तो थोड़े-बहुत मिलेंगे, एक समान नहीं मिलेंगे। परन्तु मालिक सबको मिलेंगे, एक समान मिलेंगे और जो चाहे उसको मिलेंगे, क्योंकि उनका सबके साथ घनिष्ठ सम्बन्ध है। जीव मालिक का साक्षात अंश है, इसलिए उसका मालिक पर पूरा हक है। जैसे, मां पर सब बच्चों का हक लगता है, सब बच्चे अपनी मां की गोदी में जा सकते हैं। ऐसे ही मालिक सबके परम पिता हैं। वे सदा से ही सबके हैं और सदा ही रहेंगे, इसलिए उनकी प्राप्ति में कोई भी अयोग्य नहीं है, अनाधिकारी नहीं है, निर्बल नहीं है। अतः किसी को भी मालिक से हताश होने की किंचितमात्र भी गुंजाइश नहीं है। यह कितनी विलक्षण बात है।

मैंने जो पढ़ा है, सुना है, विचार किया है, उससे मेरे भीतर यह बात दृढ़ता से बैठी हुई है कि किसी वस्तु, अवस्था, परिस्थिति, घटना, क्रिया आदि की महिमा नहीं है, प्रत्युत उनके सदुपयोग की महिमा है। हमारी कैसी भी परिस्थिति हो, कैसी भी बुद्धि हो, कैसी भी अवस्था हो, कैसा ही संयोग हो, उसी का ठीक से सदपुयोग किया जाए तो मालिक की प्राप्ति हो जाए। कारण कि मानव जीवन मिला ही है इसके लिए।

बिना हेतु कृपा करने वाले मालिक ने कृपा करके मानव-शरीर दिया है तो क्या मालिक की कृपा निष्फल होगी? मालिक की कृपा कभी निष्फल नहीं होती। हाँ, इतनी बात है कि मालिक ने मनुष्य को स्वतन्त्रता दी है। इस स्वतन्त्रता का वह चाहे जो उपयोग कर सकता है, चाहे इसका सदुपयोग करके मालिक की प्राप्ति कर ले, अपना कल्याण कर ले और चाहे इसका दुरुपयोग करके चौरासी लाख योनियों में चला जाए। वास्तव में यह स्वतन्त्रता मालिक ने मनुष्य

को मुक्ति पाने के लिए दी है। अतः मनुष्य क्या करे? उसके भीतर इस बात की लगन लग जाए कि मालिक की प्राप्ति कैसे हो? मालिक की एक बड़ी कृपा है कि जिसका एक मालिक के सिवाए दूसरा कोई सहारा नहीं है, वह मालिक को बहुत प्यारा लगता है। अतः हम हृदय से कहें कि हे मालिक! मैं आपका हूँ और आप मेरे हो। संसार की कोई वस्तु कोई प्राणी मेरा नहीं है और मैं किसी का नहीं हूँ–इस प्रकार मालिक की शरण हो जाएं। मोतीलाल साध ने कहा है–'शरण उनहूँ की आइया छूटे भरम विकार। वे दाता समरथ है निराधार आधार।।

एक बात समझने की है कि संसार के लोग (माता, पिता, पत्नी, पुत्र आदि) हमसे न्याय युक्त आशा रखते हैं और हम उसको पूरी कर सकते हों तो उनकी वह आशा पूरी कर दें अर्थात् उनकी सेवा कर दें। केवल सेवा करने के लिए ही संसार से सम्बन्ध रखो। संसार से लेने के लिए सम्बन्ध मत रखो, क्योंकि संसार की कोई भी वस्तु स्थायी नहीं है ओर हम (आत्मा) स्थायी है। अतः संसार की कोई भी वस्तु हमारे साथ रहने वाली नहीं है। इसलिए जितने तुम्हारे सम्बन्धी या कुटुम्बी कहलाते हैं, वे चाहे शरीर के नाते हों, चाहे समाज के नाते हों, चाहे और किसी नाते हों, उनकी सेवा कर दो। कारण कि हमारे पास जो वस्तुएं हैं वे उनकी हैं, उनके हक की हैं। उनका हक उनको दे दो। उनसे लेने की चाहना रखेंगे तो हम पर उनका ऋण हो जाएगा। ऋण होने से मुक्ति नहीं होगी, कल्याण नहीं होगा। उनकी सेवा करने से कल्याण होगा। अतः संसार के साथ सम्बन्ध केवल उनकी सेवा के लिए रखना है, अपने लिए नहीं। सेवा के लिए सम्बन्ध रखेंगे तो सब राजी हो जाएंगे। कुटुम्बी नाराज तभी होते हैं, जब उनसे हम कुछ लेना चाहते हैं। अगर हम उन पर अपना हक न मानकर केवल उनकी सेवा करना चाहेंगे तो कोई नाराज नहीं होगा। अतः संसार में रहने का बढ़िया तरीका भी यही है और मुक्त होने का तरीका भी यही है। दोनों हाथ में लड्डू हैं अर्थात् संसार भी राजी हो जाए और मालिक भी राजी हो जाएं, जिससे हमारा कल्याण हो जाए।

हमारा उद्देश्य केवल मालिक को पाने का है तो हम मालिक की शरण हो जाएं। संसार का आश्रय छोड़ दें। कुंभाजी साध ने निरवान ग्यान की छिहत्तरवीं वानी की ग्यारहवीं लगमात में जो कहा उसका भावार्थ–'हम सदा के लिए मालिक की शरण हो जाएं।' अतः अपनी शक्ति के अनुसार संसार की सेवा कर दें। सेवा करने से संसार राजी हो जाएगा और सदा के वास्ते मालिक के चरणों की शरण होने से मालिक राजी हो जाएंगे और हमारा काम बन जाएगा अपनी मुक्ति के लिए और कुछ नहीं करना पड़ेगा। कितनी सरल और सीधी बात है।

साध दरजोधनजी ने निरवान ग्यान की चौतीसवीं वानी की तीसरी लगमात में जो कहा उसका भावार्थ–"यह ज्ञान होने से कि ममता ही बन्धन है, ममता का त्याग कर दिया और केवल एक मालिक की ही चाहना रह गई, जिससे काम, क्रोध, लोभ, मोह, अहंकार ये सब मिट गए ओर मालिक से मिलने के लायक हो गए।"

लेने की चाहना से मनुष्य का संसार के साथ सम्बन्ध जुड़ता है और देने की चाहना से सम्बन्ध टूटता है–यह बड़ी मार्मिक बात है। लेने की चाहना से जोड़ा गया सम्बन्ध बांधनेवाला होता है और देने की चाहना से जोड़ा गया सम्बन्ध मुक्त करने वाला होता है। इसलिए सेवा करने के लिए ही सम्बन्ध जोड़ो, सेवा लेने के लिए नहीं। जैसे सेवा समिति वाले मेला आदि में सबका प्रबन्ध करते हैं, सबकी सेवा करते हैं। कोई बीमार हो जाए तो उसे कैम्प में ले जाते हैं और इलाज करते हैं, यदि कोई मर जाए और उसके किसी सम्बन्धी का पता न चले तो उसका दाह–संस्कार कर देते हैं, पर रोता कोई नहीं। जहाँ सेवा करने मात्र का सम्बन्ध है, वहाँ रोना नहीं होता। जहाँ कुछ न कुछ लेने की चाहना से सम्बन्ध जुड़ा है, वहाँ रोना होता है। लेने की चाहना ही गुणों का संग है, क्योंकि तीनों गुण ही जन्म मरण का कारण हैं।

सेवा करने का भाव गुणों से असंगता लाने वाला है। अपने धर्म का, कर्त्तव्य पालन करेंगे और दूसरों की सेवा करेंगे तो वैराग्य पैदा होगा। एक कथा है कि स्वायम्भुव मनु ने अपना कोई स्वार्थ न रखकर धर्म सहित प्रजा का पालन किया, उसका हित किया तो उनको वैराग्य हो गया। वैराग्य होने पर वे पत्नी सहित वन को चले गए। उन्होंने प्रजा के हित के लिए राज्य किया, इसीलिए उन्हें वैराग्य हुआ। अगर वे अपने लिए राज्य करते तो उन्हें वैराग्य नहीं होता। जहाँ लेने की चाहना होती है, वहाँ राग पैदा होता है। राग अज्ञान का चिह्न है, अज्ञान की खास पहचान है। जो रागी होता है वह अज्ञानी होता है।

सेवा करने से सम्बन्ध उसका जुड़ता है, जो कुछ लेना चाहता है और लेना वही चाहता है, जो शरीर और पदार्थों के साथ मैं और मेरा सम्बन्ध रखता है। जिसको सेवक कहलाने की भी चाहना नहीं है, प्रयुक्त केवल दूसरों को सुख पहुँचे, आराम पहुँचे, उनका भला हो–इसके लिए ही तन से, मन से, वचन से, धन से, विद्या से, बुद्धि से, योग्यता से, पद से, अधिकार से सबको सुख ही सुख पहुँचाता है, मन से सबका हित ही हित करने का भाव रखता है, वह मुक्त हो जाता है। जैसे, पानी में रहकर पानी को अपनी ओर लोगे तो डूब जाओगे और हाथों से लातों से मारते रहोगे तो तर जाओगे। इसी तरह जो इस संसार–समुद्र में लेना चाहता है, वह डूब जाता है जो देना ही देना चाहता है, वह कभी नहीं

डूबता। मालिक बिना कारण सबकी सेवा करते हैं। संत बिना कारण सबकी सेवा करने वाले हैं, इसलिए वे किसी से बंधते नहीं। कारण कि उनमें स्वार्थ है ही नहीं, किसी से कुछ लेना है ही नहीं, प्रत्युपकार की चाहना है ही नहीं। इसलिए सेवा करने से बन्धन नहीं होता।

किसी संत से किसी ने प्रश्न किया कि भरत मुनि ने दया करके हरिण के बच्चे का पालन किया, पर वे अगले जन्म में हरिण बन गए, ऐसा क्यों? सन्त ने कहा–पहले भरत मुनि का उद्देश्य तो सेवा करने का ही था, पर बाद में उनका हरिण के बच्चे पर मोह हो गया। हरिण के बच्चे पर उनका इतना अधिक मोह हो गया कि कभी वह दिखाई नहीं देता तो वे उसके वियोग में इतने व्याकुल हो जाते, जैसे कोई पुत्र के वियोग से व्याकुल होता है। वह ऐसे खेलता, ऐसे गोदी में आता था, ऐसे बोलता था, ऐसे शरीर खुजलाता था, ऐसे फुदकता था–इस तरह वे उसका चिन्तन करने लगते थे। इसी मोह के कारण उनको अगले जन्म में हरिण बनना पड़ा, दया के कारण नहीं। उनको मोह दया से नहीं हुआ, प्रत्युत भूल से हुआ। वास्तव में मोह तो पहले से ही था, वही मोह दया का रूप धारण करके आ गया। मोह के कारण ही बन्धन होता है। दया–परवश होकर सेवा करने से बन्धन नहीं होता।

अस्सी–नब्बे, सौ वर्ष का कोई आदमी मर जाए तो उसके लिए दुःख नहीं होता, परन्तु पच्चीस वर्ष का कोई जवान आदमी मर जाए तो दुःख होता है। जरा सोचो क्या कारण है? बड़े–बूढ़े तो विशेष बुद्धिमान और अनुभवी होते हैं, उनका अध्ययन बहुत होता है, इसलिए उनसे ज्यादा लाभ लिया जा सकता है, फिर भी उनके मरने का दुःख इसलिए नहीं होता कि अब उनसे कुछ लेने की चाहना नहीं रही। भीतर यह भाव रहता है कि अब उनसे मिलेगा कुछ नहीं, इसलिए यह मर जाए तो कोई हर्ज नहीं। मैंने लोगों से यह सुना है कि बूढ़े का मरना तो ब्याह की तरह है। ऐसे ही कोई बीस वर्ष का आदमी है और पांच वर्ष तक बीमार ही बीमार रहा और पच्चीस वर्ष की आयु में मर गया तो उसके मरने का भी दुःख नहीं होता। कारण कि दुःख तभी होता है, जब उससे कुछ न कुछ मतलब रहता है, सेवा की आशा रहती है। वह आशा ही बांधने वाली है। जो आशा नहीं रखता, वह बंधता नहीं, उसको कोई बांध सकता ही नहीं।

जिससे जितना सुख लिया है, उतनी ही उसकी याद आती है, उतना ही हमें उसके वियोग का दुःख होता है। छोटे बच्चे को गोदी में खिलाकर जो सुख लिया है, उसका भी नतीजा दुःख ही होगा। सांसारिक सुख का नतीजा दुःख ही है। सांसारिक सुख दुःखों की जड़ है। निरवान ग्यान में संध्या की हाजिरी मात्रा पढ़ने

के बाद बैठकर जो अरज मात्रा पढ़ते हैं, उसकी दूसरी लगमात से चौथी लगमात तक जो कहा उसका भावार्थ–"सुख के पीछे दुःख लगा हुआ है, इसलिए जो भी संसार में सुख चाहेगा, उसे दुःख अवश्य मिलेगा। संसार में अधिकतर लोग सुख की ही चाहना करते हैं, दुःख की चाहना कोई नहीं करता, परन्तु फिर भी सबको दुःख मिलता है। संतों को जब इस सत्य का अनुभव हुआ कि बहुत से जन्मों से सुख की चाहना से दुःख पाते रहे, तो उन्होंने फैसला किया कि अब इस सुख दुःख रूप जीवन मरण के चक्र में नहीं पड़ेंगे, ऐसा फैसला वह मालिक की कृपा से कर सके। तब उन्होंने मालिक से प्रार्थना की कि अब इस जन्म मरण के चक्र से निकाल लो।"

इसलिए हम संसार से सुख की चाहना करेंगे तो दुख होगा ही और इसी सुख–दुःख के बन्धन में बंधे रहेंगे। अगर हम संसार से सुख नहीं लेंगे, प्रत्युत सुख देंगे तो संसार की ताकत नहीं कि वह हमें बांध सके। जहाँ कुछ न कुछ स्वार्थ है, मन में सुख, आराम, मान बढ़ाई आदि लेने की चाहना है, वहीं पर बन्धन है। मन में कुछ न कुछ लेने की चाहना ही बंधन की जड़ है। ऐसी दुर्लभ बात है यह! अगर संसार की किसी चीज को देखकर राजी होते हैं तो यह भी सुख का भोग है, जो बांधने वाला है। अनुकूलता की चाहना करेंगे तो प्रतिकूलता आएगी ही। इसलिए हरदम सावधान रहें कि किसी से सुख नहीं लेना है, आराम नहीं लेना है, मान नहीं लेना है, बढ़ाई नहीं लेनी है। हमें किसी से कुछ लेना है ही नहीं। जहाँ लेना हुआ कि फंसे! केवल देना ही देना है। सेवा ही सेवा करनी है। सेवा करने से पुराना ऋण उतर जाएगा और लेने की चाहना न रखने से नया ऋण नहीं चढ़ेगा तो हम मुक्त हो जाएंगे। बड़े साधजी ने ध्यान वानी में संसार के लिए कहा है–

यहां न कोई तेरा ना काहू सै कारज सरना। झूठा मोह भटकना ही मरना।।53।।
अपने पिंड का सोधा करना। या सेती तुम जानौ तिरना।।54।।

भावार्थ–"इस संसार में कोई भी हमारा नहीं है, किसी से भी हमारा मुक्त होने का कार्य पूरा नहीं होगा। इस संसार के झूठे मोह में फंसकर भटकना ही भटकना है यानी जन्म मरण के चक्र में ही फंसना है। अपने पास ही मालिक है, अपने शरीर का शोधन करने से मालिक से मिलन होगा, यानी हम अन्तर्मुखी हो जाएं, तो इस भव सागर से पार हो जाएंगे।"

“स्वार्थरहित सेवा का महत्त्व”

जैसे हाथ, पैर, इन्द्रियाँ, प्राण, मन, मस्तिष्क आदि एक ही शरीर के अनेक अवयव हैं और ये सब मिलकर शरीर निर्वाह के लिए काम करते हैं। इन सबके काम तो अलग-अलग हैं, पर अलग-अलग काम करते हुए भी ये सभी परस्पर एक-दूसरे के हित में लगे रहते हैं। ऐसे ही संसार मात्र में जो अनेक प्राणी हैं, उन सबको भी मिलकर समष्टि संसार के हित के लिए काम करना चाहिए। गलती वहाँ होती है, जब वे केवल अपने लिए ही काम करते हैं। जैसे हाथ केवल अपने लिए ही काम करें, पैर, आंख, कान आदि किसी के लिए नहीं, तो शरीर का निर्वाह नहीं होगा। पैर कहें कि हम तो अपने लिए ही काम करेंगे, शरीर को हम क्यों उठाएं? हाथों को हम क्यों उठाएं? तो शरीर का काम नहीं चलेगा। इसी तरह स्वार्थ में आकर हर प्राणी अपना स्वार्थ करना चाहे तो संसार का काम नहीं चलेगा। अपने स्वार्थ के लिए काम करने से ही काम बिगड़ता है।

सम्पूर्ण प्राणी एक ही संसार के अनेक अवयव हैं। किसी भी रीत से शरीर संसार से अलग सिद्ध नहीं हो सकता। बनावट की दृष्टि से, धातु की दृष्टि से, संरक्षक की दृष्टि से देख लो, शरीर को संसार से अलग सिद्ध नहीं कर सकते। जैसे शरीर के अवयव अलग-अलग होते हुए भी एक ही शरीर के अंग हैं, ऐसे ही संसार में छोटे-बड़े जितने भी प्राणी हैं, वे सब एक विराट (समष्टि-संसार) के ही अंग हैं। एक विराट के अंग होकर भी वे अपना व्यक्तिगत स्वार्थ सिद्ध करते हैं-यह गलती है।

अपना स्वार्थ सिद्ध करें या नहीं करें-इसका ज्ञान पशु पक्षियों में नहीं है, परन्तु मनुष्य में इसका ज्ञान (विवेक) है। मनुष्य विवेक पूर्वक यह विचार कर सकता है कि यह सम्पूर्ण संसार अपना कुटुम्ब है, फिर एक अपने स्वार्थ के लिए काम कैसे करे? यह तो हमारा है और यह दूसरों का है-ऐसा विचार तो तुच्छ हृदय वाले लोगों का हुआ करता है। जिनका हृदय उदार है, उनके लिए तो सारा

संसार ही कुटुम्ब है।

संसार का कोई भी प्राणी हो, चाहे वह स्थावर हो या जंगम, अपने ही कुटुम्ब का है। शास्त्रों में आया है कि जैसे अपने घर में रहने वाले लोग अपने कुटुम्बी हैं, ऐसे ही अपने घर में रहने वाली चीटियां, मक्खियां, चूहे आदि भी अपने कुटुम्बी हैं। वे भी उस घर को अपना मानते हैं। चिड़ियाँ उस घर में जहाँ वह घोंसला बनाती हैं, वहाँ दूसरी चिड़ियों को नहीं रहने देतीं। विचार करें एक घर में कितने घर हैं! सबका अपना अपना घर है। अतः घर को केवल अपना ही मानना और केवल अपने घर के लिए ही सब काम करना पशुता है, मनुष्यता नहीं। सबके हित में अपना हित मानना ही मनुष्य बुद्धि है।

आज जो आध्यात्मिक उन्नति में देरी हो रही है, उसका खास कारण यही है कि हम अपना व्यक्तिगत हित ही चाहते हैं अर्थात् अपने व्यक्तित्व को परिच्छिन्नता को कायम रखते हैं। मेरी मुक्ति हो, मेरे को सुख मिले, मेरा हित हो, मेरा मतलब सिद्ध हो-इस व्यक्तित्व को, एकदेशीयता को हम छोड़ते नहीं। पशु का जो स्वभाव है, उसी स्वभाव को लेकर हम काम करते हैं।

परम की प्राप्ति में केवल अपनी स्वार्थ भावना ही बाधक है। हमारे पास जितनी वस्तुएं हैं, वे सबकी हैं और सबकी सेवा के लिए हैं। इन वस्तुओं से अपना निर्वाह भी दूसरों की सेवा के लिए करो, सुख भोग के लिए नहीं। मनुष्य शरीर का उद्देश्य विषय भोग करना, संसार का सुख लेना नहीं है, प्रत्युत सबकी सेवा करना है। इसीलिए सबको सुख कैसे पहुंचे, सबको आराम कैसे पहुंचे, सबका भला कैसे हो-यही चिन्तन करो, यही विचार करो।

मनुष्य को जो सामग्री मिली है, वह सबकी सेवा करने के लिए मिली है, केवल अपने उपभोग के लिए नहीं, उसको अकेले भोगने का यह अधिकारी नहीं है। जैसे परिवार में जो आदमी पैसे कमाता है, उसके द्वारा कमाए हुए पैसों पर अकेले उसका ही हक नहीं लगता, प्रत्युत उसके पूरे परिवार का हक लगता है। अगर वह अपनी पत्नी से कह दे कि मैं अकेला ही खाऊँगा, तू तो घर में बैठी रहती है, तेरे को क्यों दिया जाए? मां-बाप से कहे कि आप तो ऐसे ही घर पर बैठे रहते हैं, आपको क्यों दिया जाए? मैंने मेहनत की है, मैंने कमाया है, अतः मैं अकेला ही भोग करूंगा, तो ऐसी स्थिति में क्या परिवार में सुख शान्ति रहेगी? परिवार का काम ठीक से चलेगा? कभी नहीं। इसी तरह से अगर लोग केवल अपने स्वार्थ की पूर्ति में ही लगे रहेंगे तो सृष्टि का काम ठीक तरह से नहीं चलेगा।

हमारे पास जो कुछ भी है, वह सब हमें संसार से ही मिला है। शरीर और

उसके लिए अन्न, जल, वस्त्र, हवा, रहने का स्थान आदि हमें समष्टि संसार से मिले हैं। धनी से धनी व्यक्ति, राजा महाराजा भी ऐसा नहीं कह सकता कि मैं दूसरे से सेवा लिए बिना अपना निर्वाह कर लूंगा। कैसे कर लेगा? वह सड़क पर चलेगा तो क्या सड़क अपनी बनाई हुई है? किसी वृक्ष के नीचे ठहरेगा तो क्या वह वृक्ष अपना लगाया हुआ है? कहीं जल पीएगा तो कया कुआं अपना खुदवाया हुआ है? उसे संसार से लेना ही पड़ेगा, परवश होकर लेना पड़ेगा। लेना तो पशुओं को भी पड़ेगा, फिर मनुष्य की बुद्धि की क्या विशेषता हुई? लिया है तो देना भी चाहिए, परवशता से जो लिया है, उससे भी ज्यादा देना है-यह मनुष्य बुद्धि की विशेषता है। प्राणिमात्र के हित में रति होनी चाहिए। उनका हित कर दे-यह हाथ की बात नहीं है। सारा संसार मिलकर भी एक आदमी की चाहना पूरी नहीं कर सकता, तो फिर एक आदमी सारे संसार की चाहना पूरी कैसे कर देगा? मनुष्य का कर्त्तव्य यह है कि उसके पास जो सामग्री है, उसको वह उदारतापूर्वक दूसरों के हित के लिए समर्पित कर दे। ऐसा करने से उसको कल्याण की प्राप्ति हो जाएगी।

मनुष्य जितना जितना व्यक्तिगत स्वार्थ भाव रखेगा, उतना ही संसार में नीचा माना जाएगा। कमाने वाला केवल अपना ही पेट भरेगा, अकेला ही सामग्री का उपभोग करेगा तो वह न घर में आदर पाएगा, न बाहर। वह जितना व्यक्तिगत स्वार्थ का त्याग करके कुटुम्ब की सेवा करेगा, उतना ही अच्छा माना जाएगा। अगर वह केवल कुटुम्ब का ही नहीं, पड़ोसियों का भी हित चाहेगा तो वह और श्रेष्ठ होगा। केवल पड़ोसियों का ही नहीं, सम्पूर्ण गांव का हित चाहेगा तो वह और श्रेष्ठ होगा। केवल गांव का ही नहीं, प्रान्त का हित चाहेगा तो वह और श्रेष्ठ होगा। केवल प्रान्त का ही नहीं, सारे देश का हित चाहेगा तो वह और श्रेष्ठ होगा। अगर वह देश-विदेश का सम्पूर्ण पृथ्वी का हित चाहेगा तो वह और श्रेष्ठ होगा। अगर वह पशु, पक्षी, वृक्ष आदि मात्र जीवों का हित चाहेगा तो वह और श्रेष्ठ होगा। अगर वह मालिक का जप, ध्यान, प्रार्थना करेगा तो वह सर्वश्रेष्ठ हो जाएगा। जैसे वृक्ष के मूल में जल डालने से सम्पूर्ण वृक्ष स्वतः हरा हो जाता है, ऐसे ही संसार रूपी वृक्ष के मूल मालिक का चिन्तन करने से, ध्यान करने से संसार मात्र की सेवा स्वतः हो जाती है।

सिद्धान्त यह हुआ कि मनुष्य के द्वारा जितनी व्यापक सेवा होगी, उतना ही वह श्रेष्ठ हो जाएगा। हमें जो कुछ मिला है, वह सृष्टि से मिला है। इसलिए बड़ी ईमानदारी से सृष्टि की सेवा में लगा देना चाहिए। यही कर्मयोग है। कर्मयोगी मन-वाणी-शरीर से निष्काम भाव पूर्वक प्राणिमात्र की सेवा करता है अर्थात्

संसार से मिली हुई, सामर्थ्य और सामग्री को संसार की ही मानकर उसकी सेवा में लगाता है। इस प्रकार सेवा करने से उसका संसार से सम्बन्ध विच्छेद हो जाता है और उसको सर्व समर्थ मालिक का अनुभव हो जाता है। अत: जो प्राप्ति ज्ञान योग और भक्ति योग से होती है, वही प्राप्ति कर्म योग से भी होती है। सतगुरु साहिब ने कहा है-

कोई साध सुमरन चित्त धरई। कोई साधटहल (सेवा) तन करई।।
दोऊ नफा एक सी भाई। जो दरसै सो करै कमाई।।

सेवा कैसे करें?

एक साधक ने एक संत से पूछा-महाराज, सेवा करने के लिए हमारे न तो धन, न बल है, न बुद्धि है, न सामर्थ्य, कोई भी सामग्री हमारे पास नहीं है, पर हम सेवा करना चाहते हैं तो कैसे करें?

संत ने कहा - बहुत बढ़िया प्रश्न है। इसका उत्तर भी घटिया नहीं होगा, ध्यान देकर सुनना। सेवा करने का अर्थ है-दूसरे का हित हो और प्रसन्नता हो। वर्तमान में उसकी प्रसन्नता हो और परिणाम में उसका हित हो, इसके सिवाए सेवा ओर क्या होती है?

जब हमारे पास शक्ति नहीं है, तो फिर हम दूसरे की प्रसन्नता कैसे लें-इसके लिए अपनी दृष्टि में बहुत बढ़िया बात बताता हूँ। एक धनी आदमी है। उसको घाटा लग जाए, कोई भयंकर बीमारी हो जाए, बेटा मर जाए, ऐसी हालत में तुम उसके दुःख में सहमत हो जाओ कि तुम्हारा बेटा मर गया, यह बहुत बुरी बात हुई। तुमको घाटा लग गया, यह बड़ा बेठीक काम हुआ। इस तरह से हृदय से उसके दुःख में सम्मिलित हो जाओ तो वह प्रसन्न हो जाएगा, उसकी सेवा हो जाएगी। ऐसे ही किसी के पास बहुत धन-सम्पत्ति हो जाए, लड़का बहुत होशियार हो जाए तो उसे देखकर हृदय से खुश हो जाओ और कहो कि वाह-वाह बहुत अच्छा हुआ। इससे वह प्रसन्न हो जाएगा।

दूसरों के दुःख से दुःखी हो जाए और दूसरे के सुख से सुखी हो जाए-यह सेवा हम बिना रुपए पैसे के, बिना बल के, बिना सामग्री के कर सकते हैं। दूसरों को दुःखी देखकर हम दुःखी हो जाएं कि मालिक! क्या करें? हमारे पास कोई सामग्री नहीं, धन नहीं, बल नहीं, जिससे हम दूसरों को सुखी कर सकें, हम क्या करें? इस तरह से हम हृदय से दुःखी हो जाएं और दूसरों को सुखी देखकर हृदय से प्रसन्न हो जाएं तो यह तुम्हारी बड़ी भारी सेवा होगी। जिसके हृदय में भाव होता है, उस व्यक्ति से मिलने मात्र से लोगों को शान्ति मिलती है।

धन आदि से हम दूसरों की सेवा करेंगे, उपकार करेंगे, यह बहुत ही स्थूल बुद्धि है। हमने सेवा को महत्त्व नहीं दिया है। धन को महत्त्व दिया है। जो धन

को महत्त्व देता है वह अहंकार को महत्त्व देता है। जो हमारे हाथ का मैल है, उसको हम अपने से बढ़कर महत्त्व देते हैं और लोगों की सेवा के लिए भी उसकी आवश्यकता हो-यह बहुत ही खराब बुद्धि है। धन आदि से सेवा करने पर अभिमान होता है। जिसकी सेवा करोगे, उस पर भी रौब जमाओगे कि हमने इतना तुम्हारे को दिया, इतनी सहायता की है। वह व्यक्ति यदि तुम्हारे विरुद्ध हो जाएगा तो निन्दा करोगे कि देखो, हमने इसकी इतनी सहायता की और यह हमारा विरोध करता है। इस प्रकार संघर्ष पैदा होगा। हम अपनी विद्वत्ता से सेवा करेंगे और कहीं दूसरा भी ऐसे करेगा तो ईर्ष्या पैदा होगी। हम बढ़िया व्याख्यान (वतकई) देते हैं और दूसरे का व्याख्यान (वतकई) हमारे से भी बढ़िया हो गया तो ईर्ष्या होगी। कहते हैं कि समाज की सेवा करते हैं, पर वास्तव में सेवा नहीं करते हैं, लड़ाई करते हैं, अपने अहंकार का प्रदर्शन करते हैं।

ऐसे आदमी बहुत कम मिलेंगे, जो वास्तव में सेवा करते हैं। हम ज्ञान का नाम माहात्म्य बताते हैं, लोगों को नाम जप में लगाते हैं, पर दूसरा कोई लोगों को नाम जप में लगाता है तो वह इतना नहीं सुहाता। हमारे कहने से कोई मालिक की तरफ लग जाए तो हम राजी होते हैं, पर दूसरे के कहने से कोई मालिक की तरफ लग जाए तो हम उतने राजी नहीं होते हैं, जबकि हमें उससे भी ज्यादा राजी होना चाहिए कि हमारा परिश्रम तो हुआ ही नहीं और हमारा काम हो गया।

कोई व्यक्ति हमारे मत को नहीं मानता, हमारे सिद्धान्त को नहीं मानता, प्रत्युत हमारे सिद्धान्त का खण्डन करता है, हमारी मान्यता का, हमारी साधन-पद्धति का खण्डन करता है, पर सच्चे नाम, ज्ञान का प्रचार करता है, लोगों को ध्यान करने के लिए कहता है तो उससे हमारे भीतर क्या बुद्धि पैदा होती है? हमें नाम ज्ञान का प्रचार तो अच्छा लग जाएगा, पर उसके कहने से लोग ध्यान करते हैं-यह अच्छा नहीं लगेगा, क्योंकि वह हमारे सिद्धान्त का, हमारे मत का, हमारी साधन प्रणाली का खण्डन करता है। इस प्रकार हम खण्डन को जितना महत्त्व देते हैं, उतना नाम, ज्ञान, ध्यान के प्रचार को महत्त्व नहीं देते। हम मालिक के प्रेमी नहीं हैं, हम अपनी विचारधारा के प्रेमी हैं। यह मत वाले की बात है। सन्तों ने कहा है-

1. मतवादी जानै नही तत्तवादी की बात। सूरज ऊगा उल्लुवा, गिनै अंधेरी रात।।

2. हरिया तत्त विचारियै, क्या मत सेती काम। तत्त वसाया अमरपुर, मत का जमपुर धाम।।

3. हरिया रत्ता तत्त का, मत का रन्ता नाहि। मत का रत्ता से फिरै, तांह तत्त

पाया नाहि।।

अगर वास्तव में हमें नाम, ज्ञान की महिमा अभीष्ट है तो कोई नास्तिक से नास्तिक व्यक्ति भी नाम की महिमा कहे तो मन ही मन आनन्द आना चाहिए, हृदय में खुशी होनी चाहिए कि वाह वाह, इसने बात बहुत बढ़िया कही। इसका नाम है–सेवा।

दूसरे का लंगर बहुत अच्छा चलता है, वह बढ़िया भोजन देता है और सबका आदर करता है। लोगों में उसकी महिमा होती है। हम भी लंगर खोलते हैं, पर हमारी प्रशंसा नहीं होती तो हमारे भीतर ईर्ष्या होती है कि नहीं? अगर ईर्ष्या होती है तो हमारे द्वारा बढ़िया सेवा नहीं हुई। वास्तव में हमें खुशी आनी चाहिए कि वहाँ बढ़िया भोजन मिलता है, हमारे यहाँ तो साधारण भोजन मिलता है। हम उपकार का जो काम करते हैं, वही काम दूसरा शुरू कर दे तो उससे हमारे में ईर्ष्या पैदा होती है, द्वेष पैदा होता है तो यह हम सेवा नहीं कर रहे हैं, सेवा का वहम है।

किसी भी तरह से, किसी के भी द्वारा सेवा हो जाए तो हम प्रसन्न हो जाएं। जो सेवा करता है, उसको देखकर और जिनकी सेवा होती है, उनको देखकर हम प्रसन्न हो जाएं कि वाह–वाह कितनी बढ़िया बात है! हमारे पास एक कौड़ी भी लगाने को न हो, पर हम प्रसन्न हो जाएं, उस सेवा में सहमत हो जाएं तो हमारे द्वारा सेवा हो जाएगी। बोलो इसमें क्या कठिनता है? इसमें कोई सामग्री नहीं चाहिए, अपना हृदय चाहिए। सेवा वस्तुओं से नहीं होती है, हृदय से होती है।

लोगों में वहम रहता है कि इतना धन हो जाए तो हम ऐसी–ऐसी सेवा करेंगे। विचार करना चाहिए कि जिनके पास उतना धन है, वे सेवा करते हैं क्या? वे तो सेवा नहीं करते हैं, हम करेंगे? जब धन हो जाए, तब देखना! नहीं होगी सेवा। जिस समय पैसा हो जाए, उस समय यह भाव नहीं रहेगा। भाव बदल जाएगा। कलकत्ते के एक सज्जन दलाली करते थे और ऋषिकेश के सत्संग के लिए आया करते थे। बड़ा उत्तम स्वभाव था उनका, वे कहते थे कि हम तो दलाली करते हैं, वह भी छोड़कर सत्संग में आ जाते हैं और इनके पास इतना इतना धन है, पर ये सत्संग में नहीं आते, इनको क्या बाधा लगती है? परन्तु आगे चलकर जब उनके पास धन हो गया, तब उनका सत्संग में आना कम हो गया। उनको सत्संग में आने का समय ही नहीं मिलता। कारण कि धन बढ़ेगा तो कारोबार भी बढ़ेगा और कारोबार बढ़ेगा तो समय कम मिलेगा। अतः जब तक धन नहीं है, तब तक और विचार रहता है, पर धन होने पर वह विचार नहीं रहता। किसी किसी का यह विचार रह भी जाता है, पर वे शूरवीर ही होते हैं, जिन्होंने धन

को पचा लिया। प्रायः धन पचता नहीं, अजीर्ण हो जाता है। बल का अजीर्ण हो जाता है। पहले विचार रहता है कि बल हो तो हम ऐसा ऐसा करें, पर बल होने पर निर्बल को दबाते हैं। जब वोट मांगते हैं, उस समय कहते हैं कि हम आपकी सेवा के लिए ये-ये काम करेंगे, पर मिनिस्टर बनने पर आपको पूछेंगे भी नहीं। क्या यह सेवा है? यह सेवा नहीं है स्वार्थ है। एक गांव में एक आदमी गया तो उसने कहा कि तुम्हारे गांव में इतना कूड़ा कचरा पड़ा है, क्या सफाई के लिए मेहतर नहीं आता? वे बोले पांच वर्ष बाद आता है मेहतर! पहले कोई नहीं आता? जब वोट मांगने आते हैं, तब मेहतर आता है।

दूसरा कोई सेवा करता है तो हमारे को बुरा क्यों लगता? कि हमारी बढ़ाई नहीं हुई, उसकी बढ़ाई हो गई। उसने लंगर खोल दिया, अस्पताल खोल दिया, विद्यालय खोल दिया, व्याख्यान देना शुरू कर दिया तो उसकी बढ़ाई हो गई, हमारी बढ़ाई नहीं हुई। यह सेवा करना है या अपनी बढ़ाई चाहना है? कसौटी कसकर देखो तो पता लगे। सेवा तो बहाना है। आजकल सेवा करने के नाम पर बड़े-बड़े आयोजन होते हैं, जितना धन सेवा में नहीं लगाया जाता है उससे ज्यादा उसके आयोजन में खर्च कर दिया जाता है। यह सेवा नहीं है, केवल अपने सम्मान की चाहना है। अच्छाई की शक्ल में बुराई रहती है। सेवा क्या है? जैसे हम अपनी कार से कहीं जा रहे हैं, रास्तें में देखा कि किसी राहगीर को कोई वाहन वाला टक्कर मारकर भाग गया है और राहगीर घायल पड़ा है, उठ नहीं सकता, तो हम अपनी कार रोककर, अपना काम रोककर उसे अस्पताल पहुंचाएं, यह है सेवा, क्योंकि यह सेवा करने का मौका तुम्हें मालिक ने दिया और तुमने उस मौके का सही उपयोग कर लिया।

असली सेवा करने का जिसका भाव होगा, वह दूसरे के दु:ख से दु:खी होगा और दूसरे के सुख से सुखी होगा। दूसरों के दु:ख से दु:खी और सुख से सुखी न होकर कोई सेवा कर सकता है क्या? जब तक दूसरों के दु:ख से दु:खी और सुख से सुखी नहीं होगा, तब तक सेवा नहीं होगी। जो दूसरों के दु:ख से दु:खी होगा, वह अपना सुख दूसरों को देगा, स्वयं सुख नहीं लेगा और दूसरों के सुख से सुखी होगा, उसको अपने सुख के लिए संग्रह नहीं करना पड़ेगा। यह बात याद कर लें कि दूसरों के दु:ख से दु:खी होने वाले को अपने दु:ख से दु:खी नहीं होना पड़ता और दूसरों के सुख से सुखी होने वाले को अपने सुख के लिए भोग और संग्रह नहीं करना पड़ता।

संसार से मिली हुई सामग्री को अपनी मानकर सेवा में लगाएंगे तो अभिमान आएगा। अतः सेवा के लिए सामग्री की जरूरत नहीं है, हृदय की जरूरत है।

मदर टेरेसा ने पांच रुपए से सेवा आरम्भ की थी।

सब साधनों का अन्तिम साधन चुप साधन

प्रकृति में पांच तत्त और तीन गुण हैं तथा शरीर मन, बुद्धि में भी यही तत्त तथा गुण हैं। प्रकृति के सम्बन्ध के बिना मालिक का जाप, चिन्तन-मनन, ध्यान आदि नहीं हो सकता है, अतः साधक जाप करेगा तो वाणी साथ में रहेगी, चिन्तन करेगा तो चित्त साथ में रहेगा, मनन करेगा तो मन साथ में रहेगा, ध्यान करेगा तो शरीर और मन का सहयोग लेना पड़ेगा। यह तीनों गुण, रज, तम और सत्त ही मालिक की प्राप्ति में मुख्य बाधा है, तो फिर इनके रंग से मालिक की प्राप्ति कैसे होगी? जब भी मालिक की प्राप्ति होगी, तीनों गुणों से सम्बन्ध विच्छेद होने से ही होगी। कबीर साहिब ने कहा है-तीनों गुन हे विष का मूला। जासै दुःख-सुख भया स्थूला।। मुक्ति क्या है? तीनों गुणों से सम्बन्ध-विच्छेद होना ही तो मुक्ति है।

चुप साधन करने का साधन नहीं है, प्रत्युत होने का साधन है। यह किया नहीं जाता, प्रत्युत होता है। मालिक यहाँ है, अभी है, हमारे हैं ओर हमारे में हैं, मैं उनके चरणों में पड़ा हुआ हूँ-ऐसा मानकर बाहर-भीतर से चुप हो जाए। मेरे को चुप होना है-यह आग्रह (संकल्प) भी न रखें, नहीं तो कर्तृत्व आ जाएगा, क्योंकि चुप स्वतः सिद्ध है। अपनी ओर से कुछ भी चिन्तन न करें। यदि अपने आपको चिन्तन आ जाए, तो उससे न राग करें, न द्वेष करें, न राजी हों, न नाराज हों, न उसको अच्छा मानें, न बुरा मानें और न अपने में मानें। चिन्तन करना नहीं है, पर चिन्तन हो जाए तो उसका कोई दोष नहीं है। अपने आप हवा बहती है, सर्दी-गर्मी आती है, वर्षा होती है, उसका हमें कोई दोष नहीं लगता, क्योंकि उसके होने के साथ हमारा कोई सम्बन्ध ही नहीं है। दोष तो जड़ता से सम्बन्ध जोड़ने से लगता है। अतः चिन्तन हो जाए तो उसकी उपेक्षा करें, उसके साथ अपने को मिलाएं नहीं अर्थात् ऐसा न मानें कि मैं चिन्तन करता हूँ और चिन्तन मेरे में होता है। चिन्तन मन में होता है और मन के साथ मेरा कोई सम्बन्ध नहीं

है। मन प्रकृति का अंश है और स्वयं मालिक का है।

चुप होना, मूक सत्संग, सहज समाधि, सहजावस्था, जाग्रत सुषुप्ति, समता, विश्राम, अकेला होना-ये सब एक ही हैं। इसमें न तो स्थूल शरीर की क्रिया है, न सूक्ष्म शरीर का चिन्तन है और न कारण शरीर की स्थिरता है। इसमें इन्द्रियां भी चुप हैं, मन भी चुप है, बुद्धि भी चुप है, अर्थात् शरीर, इन्द्रियां, मन, बुद्धि की कोई क्रिया नहीं है। सभी चुप हैं, कोई बोलता नहीं! जो देखना था वह देख लिया, सुनना था वह सुन लिया, बोलना था वह बोल लिया, करना था वह कर लिया, अब कुछ भी देखने, सुनने, बोलने, करने आदि की रुचि नहीं रही-ऐसा होने पर ही चुप साधन होता है। यह चुप साधन समाधि से भी ऊंचा है, क्योंकि इसमें मन, बुद्धि, अहम से सम्बन्ध-विच्छेद है। समाधि में तो लय, विक्षेप, कषाय और रसास्वाद ये चार दोष (विघ्न) रहते हैं, पर चुप साधन में दोष नहीं रहते। चुप साधन में किसी भी वृत्ति का सहारा नही है, यह वृत्ति रहित है।

वास्तव में चुप साधन से साधक सहजावस्था, सहज समाधि तत्त्वज्ञान, जीवनमुक्ति, मालिक का दर्शन आदि जो चाहता है, वही उसको मिल जाता है। चुप होने से साधक स्थूल, सूक्ष्म और कारण तीनों शरीरों से सुगमतापूर्वक अतीत हो जाता है तथा उसका अहम अपने आप मिट जाता है। कर्मयोग, ज्ञानयोग, भक्तियोग आदि किसी भी योग मार्ग का साधक क्यों न हो, चुप साधन सभी के लिए अत्यन्त उपयोगी है। यह चुप साधन सभी शक्तियों का खजाना है, क्योंकि सभी शक्तियां अक्रिय तत्त्व से पैदा होती हैं और उसी में लीन होती हैं। इस साधन से विलक्षण शान्ति मिलती है, जिससे राग द्वेषादि दोषों को दूर करने की सामर्थ्य स्वतः आती है और अनुकूलता, प्रतिकूलता का असर नहीं पड़ता, समता आ जाती है। इतना ही नहीं जो लाभ धर्म मेध समाधि से भी नहीं होता, वह लाभ चुप साधन से हो जाता है। तात्पर्य है कि चुप साधन सम्पूर्ण साधनों का अन्तिम साधन है, जिससे पूर्णता हो जाती है। अर्थात् सब कुछ मालिक ही है-ऐसा अनुभव हो जाता है।

मालिक की प्राप्ति का श्रेष्ठ से श्रेष्ठ साधन है-चुप होना अर्थात् कुछ भी चिन्तन न करना। यह सर्वोपरि करण-निरपेक्ष साधन है। चिन्तन करने से ही संसार का सम्बन्ध चिपकता है। कारण कि चिन्तन करने वृत्ति लगाने का अर्थ है-नाशवान, परिवर्तनशील वस्तु को महत्त्व देना। नाशवान को महत्त्व देना, उसकी आवश्यकता मानना, उसकी सहायता लेना ही मालिक की प्राप्ति में मुख्य बाधा है। अविनाशी की प्राप्ति नाशवान के द्वारा नहीं होती, प्रत्युत नाशवान के त्याग से होती है। जड़ के द्वारा चेतन की प्राप्ति कैसे हो सकती? असत के द्वारा सत्त

की प्राप्ति कैसे हो सकती? परिवर्तनशील के द्वारा अपरिवर्तनशील की प्राप्ति कैसे हो सकती? क्षणभंगुर के द्वारा सर्वथा निर्विकार तत्त्व की प्राप्ति कैसे हो सकती है? नाशवान, जड़, असत, परिवर्तनशील, क्षणभंगुर से सम्बन्ध-विच्छेद होने पर मालिक की प्राप्ति स्वतः ही होती है। इसलिए नाशवान को महत्त्व देने का, उसकी सहायता लेने का भाव साधक को आरम्भ से ही नहीं रखना चाहिए। चुप साधन सभी साधनों की भूमि है। इसी से सब साधन पैदा होते हैं।

चुप-साधन की विशेष बातें

1. चुप होना यानी बिना श्रम के सत का संग।

2. चुप होने का बढ़िया समय है-प्रातः नींद खुलने का समय। कारण कि रात्रि में सोते समय कुछ भी न करने का संस्कार रहता है।

3. चुप साधन एकान्त में करना चाहिए। उस जगह करना चाहिए, जहां किसी के आने की संभावना न हो, क्योंकि 'कोई आ न जाए' यह भाव भी बाधा पहुंचाता है।

4. दिन में काम करते-करते, थोड़ी-थोड़ी देर में चुप, शान्त हो जाएं। निरन्त शान्त रहने का स्वभाव ही बना लें। आश्चर्य की बात है कि हम काम कर सकते हैं, पर शान्त नहीं हो सकते।

5. वास्तव में चुप निरन्तर है। स्वयं (आत्मा) स्वतः ही चुप है। लोगों में करने के संस्कार हैं, अतः वे करने की बात पसन्द करते हैं। इसलिए दिन में कई बार थोड़े-थोड़े समय के लिए चुप होना चाहिए।

6. जैसे बच्चा स्वाभाविक ही खेलता है, ऐसे ही चुप स्वाभाविक होना चाहिए।

7. आवश्यक काम को पूरा कर दें और अनावश्यक काम का त्याग कर दें, तो स्वतः चुप हो जाएंगे। चुप होने का मतलब है शान्त होना।

8. चुप होने पर शान्ति मिले तो उसका भी सुख नहीं लेना है और उसे मिटाना भी नहीं है।

9. एक मालिक ही पूर्ण है, उनके सिवाए और कोई हुआ नहीं, है नहीं, होगा नहीं-ऐसा मानकर चुप हो जाएं।

10. मेरा कुछ नहीं, मुझे कुछ नहीं चाहिए और मुझे अपने लिए कुछ नहीं करना-ऐसा करके चुप हो जाएं।

11. मैं मालिक के चरणों में पड़ा हूँ-इस भाव से चुप हो जाएं।

12. चुप होने से पहले तीन बार श्वांस को बाहर फेंकें तेजी से।

13. चुप होने से मन अपने आप शान्त हो जाता है।

14. चुप होने से समस्या का समाधान मिल जाता है।

15. चुप होने से संसार का खिंचाव मिट जाता है।

16. चुप होने से अपने आप मालिक में स्थिति हो जाती है।

17. कुछ देर चुप रहकर करने न करने से परे हो जाएं। फिर बड़ी विलक्षण शक्ति आएगी और काम-क्रोधादि तुरन्त मिट जाएंगे।

18. जैसे जल शान्त होने पर उसमें घुली हुई मिट्टी अपने आप बैठ जाती है, वैसे ही चुप होने पर सब विकार अपने आप शान्त हो जाते हैं।

19. चुप होने से अपनी निर्दोषता का अनुभव हो जाता है।

20. चुप होने से प्रेम स्वतः स्वाभाविक प्रकट हो जाता है।

21. चुप होने से अपने में ही मालिक की प्राप्ति हो जाती है।

22. चुप होने से मालिक में स्थिति हो जाती है और अहम् मिट जाता है।

23. चुप होने से कर्मयोग, ज्ञानयोग, भक्तियोग आदि सब सिद्ध हो जाते हैं और योग, बोध तथा प्रेम प्रकट हो जाता है।

24. चुप ही साधन, चुप ही साध्य। चुप मैं चुप समाये।
समझ हारी समझ है, समझै सो चुप हुए जाए।।

कबीर साहब ने चुप साधन को सहज समाधि कहा है-

साधौ सहज समाधि भली।
गुर परताप जा दिन सै उपजी। दिन दिन अधिक चली।।
जहाँ जहाँ डोलों सोई परिकरमा। जो कुछ करौ सो सेवा।।
जब सोवौं तव करौ दण्डवत।। पूजौ और न देवा।।
कहौ सो नाम सुनौ सो सुमिरन। खांव पियों सो पूजा।।
गिरह उजाड़ एक सम लेखौ। भाव न राखौ दूजा।।
आंख न मूंदौ, कान न रुँधौ। तनिक कष्ट न धारौ।।
खुले नैन पहिचानौ हंसि-हंसि। सुन्दर रूप निहारौ।।
शब्द निरन्तर से मन लागा। मलिन वासना त्यागी।।
उठत बैठत कबहूँ न छूटै। ऐसी तारी लागी।।
कहै कबीर यह उनमनि रहनी। सो परघट करभाई।।
दुःख-सुख सै कोई परे पदमपद। तेहि पद रहा समाई।।

चुप साधन के सम्बन्ध में एक संत ने कहा है-

दौड़ सकै तौ दौड़ ले। जब तक तेरी दौड़।।

दौड़ थका धोका मिटा। वस्त*1 ठौर की ठौर।।

1. वस्त = सत, चित्, आनन्द

साधक अपने अपने मत के अनुसार सत को पाने के लिए तीर्थ, व्रत, पूजा-पाठ, जप, तप, ध्यान, प्रार्थना आदि अनेक क्रियाएं करता है और क्रियाएं करते-करते एक दिन थक जाता है, लेकिन जिस सत, चित्त, आनन्द की चाहना से वह यह क्रियाएं करता है, उसकी इसे प्राप्ति नहीं होती है, तो एक निराशा-सी हो जाती है, जिसके फलस्वरूप साधक क्रिया करना बन्द कर देता है। जब साधक अपने सब प्रयास छोड़कर शान्त हो जाता है, अक्रिय हो जाता है, तब उस शान्त स्थिति में साधक को अपने अन्दर ही सत्, चित्त, आनन्द की प्राप्ति होती है, बोध हो जाता है। महात्मा बुद्ध के साथ भी यही घटित हुआ था। चुप साधन के द्वारा सबके साथ यही हो सकता है।

कबीर साहिब ने कहा है-

जिसको तू नर ढूंढत फिरता। सदा तुम्हारे पास में।।
मैं तो हूँ विश्वास में।
न तीरथ में न मूरत में। न मैं एकान्त निवास में।।
न मंदिर में न मसजिद में। न काशी कैलाश में।।
न मैं जप में न मैं तप में। न मैं व्रत उपवास में।।
न मैं कर्म क्रिया में रहता। न मैं योग संन्यास में।।
न पिंड में न प्रान में। न मैं धरन आकाश में।।
न त्रिकुटी भमर गुफा में। न सब स्वांसन की स्वांस में।।
खोजी होय तौ तुरत मिलूँगा। पल भर की तलाश में।।
कहत कबीर सुनो भाई साधौ। मैं तो हूँ विश्वास में।।

अतः हम विश्वास करें कि मालिक हमारे पास ही हैं और सब क्रियाएं छोड़कर स्वाभाविक रूप से शान्त हो जाएं, एक पल की स्वाभाविक शांति से मालिक से मिलन को जाता है। स्वाभाविक शांति के संदर्भ में कबीर साहिब ने कहा है-

तन थिर, मन थिर, वचन थिर। निरत सुरत थिर होय।।
कहैं कबीर वा क्षणक कौ। कल्प न पावै कोय।।

निरवान ज्ञान की छांछटवीं वानी की चौथी लगमात में गोविन्द जी साध ने जो कहा उसका भावार्थ-"जितनी देर में आंख की पलक फिरती है, उतने समय में मालिक से मिलन हो जाता है और उनके मिलने से काम, क्रोध, लोभ, मोह,

अहंकार आदि विकारों का नाश हो जाता है।"

निरवान ग्यान के पहले अशलोक की पांचवीं लागमात में परसजी साध ने जो कहा उसका भावार्थ–"मालिक से मिलने के लिए क्रिया और अहम की आवश्यकता नहीं है, क्रिया और अहम् के त्याग से साधक की सहज अवस्था हो जाती है। सहज अवस्था होने से मालिक से मिलन हो जाता है।"